A gorda do Tiki Bar

Livros do autor na Coleção **L&PM** Pocket

111 Ais
99 corruíras nanicas
Continhos galantes
A gorda do Tiki Bar
O grande deflorador

Dalton Trevisan

A gorda do Tiki Bar

www.lpm.com.br
L&PM POCKET

Coleção **L&PM** Pocket, vol. 476

Seleção de contos em livros diversos publicados pela Editora Record

Primeira edição na Coleção **L&PM** POCKET: novembro de 2005
Esta reimpressão: setembro de 2008

Capa: Ivan Pinheiro Machado sobre desenho de Matthias Schultheiss *in Delírios cotidianos*
de Charles Bukowski/Matthias Schultheiss, L&PM Editores 1984.
Revisão: Eva Mothci e Renato Deitos

Ilustrações: p. 5 – Ivan Pinheiro Machado d'après Matthias Schultheiss; p. 16, 19, 36, 37 e 48 – Benavides *in Sevilla mi amor* de Tobalina/Benavides, Ediciones de la Cupula, 1984; p. 26 – Matthias Schultheiss *in Delírios cotidianos* de Charles Bukowski/Matthias Schultheiss, L&PM Editores 1984; p. 42 – Alfredo Pons *in Histórias Cortas*, Edicionbes La Cupula, 1986; p. 60, 70 e 71 – Alex Varenne *in Amours Fous*, Les Humonoïdes Associés, 1989; p. 91 – Jordi Bernet *in La Belle et la Bête* de Carlos Trillo/Jordi Bernet.

Dados Internacionais de Catalogação na Publicação (CIP)

T814g   Trevisan, Dalton, 1925-
         A gorda do Tiki Bar / Dalton Trevisan. – Porto Alegre: L&PM, 2005.
         104 p. : il. ; 18 cm (Coleção L&PM Pocket, 476)

         ISBN 978-85-254-1475-5

                 1. Literatura brasileira-Contos. 2. Literatura paranaense-Contos.
         I. Título.

                           CDU 869.0 (816.2)-34
                           CDD 869.937

Catalogação elaborada por Denise Pazetto CRB-10/1216

© Dalton Trevisan, 2005

Todos os direitos desta edição reservados a L&PM Editores
Rua Comendador Coruja 314, loja 9 – Floresta – 90.220-180
Porto Alegre – RS – Brasil / Fone: 51.3225.5777 – Fax: 51.3221.5380

Pedidos & Depto. Comercial: vendas@lpm.com.br
Fale conosco: info@lpm.com.br
www.lpm.com.br

Impresso no Brasil
Primavera de 2008

Sumário

A gorda do Tiki Bar 7
Cantares de Sulamita 15
Tutuca 24
O mestre e a aluna 31
Ó doce cantiga de ninar 39
Duas normalistas 45
Capitu sou eu 52
Prova de redação 64
Você é virgem? 73
Rita Ritinha Ritona 80
O vestido vermelho 90

A gorda do Tiki Bar

Cambaleou na luz negra do inferninho: quanto mais escuro, mais lindas rainhas. Firmou o cotovelo no balcão:

– Quedê a gorda?

Ao seu lado, rindo, ocupando todo o balcão, quem se debruçava, ofuscante na blusa branca de lã?

– Vamos lá no cantinho.

Em busca de manjares delicados, ambrosias achadas e perdidas. Fim de noite, sobrou a última das gordas, prato fundo de caldo de feijão.

– Tua língua é fálica.

– O que, bem?

– Me dá tua língua.

Transbordava sobre ele, o tatuzinho cheio de patinhas enrolando-se na bola nua de carne, mais uma bola e outra bola.

– Credo, bem. Mais tarado que o meu marido.

E ria, exibindo caninos e pré-molares.
– Que maravilha. Tem todos os dentes!
Assim que falou se arrependeu, sempre o risco da ponte ou dentadura.
– Fale. Gema. Suspire.
Não sabia, a desgraciada. Fazia a pergunta, ele mesmo dava a resposta. Cada vez mais excitado.
– Te queimo na brasa do cigarro.
– Cuidado, o botão.
– Quero aqui. Agora.
Assanhadíssima, menos que ele.
– Aqui não. Aqui, não.
– Quero já.
– Vamos ao hotel.
– Muito longe.
– Tia Hilda está olhando.
– Só se me der tudo.
– Eu dou. Agora se comporte, benzinho.
Enquanto assinava o cheque, ela remexia na famosa bolsa de franjas.
– Não quer táxi?
– É pertinho. Vamos de mão dada.
Insegura com as luzes, coitadinha. Mão dada cruzaram a praça. Cuidado de não a olhar, podia desistir no meio do caminho. De relance o grande ramalhete de petúnias rebolantes na calça vermelhosa.

No saguão feérico o porteiro olhou para a gorda:

– Sinto muito, doutor. Está lotado.

– Mesmo a suíte nupcial?

Melhor não discutir. Ela o puxava pela mãozinha trêmula.

– Vamos, querido.

No fim do corredor tenebroso o chinês cochilava no sofá de couro rasgado.

– O senhor deseja?

– O melhor apartamento.

Sorriso inescrutável, o chinês olhou para a gorda:

– Tem não.

Laurinho estendeu uma nota dobrada:

– Aqui a diária.

– Terceiro andar, doutor.

Atrás das portas, algumas entreabertas, roncos de caixeiros-viajantes ou gemidos de amantes solitários? No corredor a fumaça dos cachimbos de ópio? Resfolegante, a gorda arrastava-se no seu encalço, rangendo o corrimão, abalando os degraus, estremecendo as paredes.

O quartinho sinistro, colcha enrugada na cama de casal. Mão no peito, a gorda pendurou-lhe o paletó no cabide de arame. Olho apertado de chim frestava no buraco da parede?

Entrou no banheiro: a gorda toda nua debaixo do chuveiro. Só dobras, pregas, refolhos, melões em cima e mamelões embaixo. Ó pura contradição, volúpia de três pálpebras para um só olho, êxtase de tantas pétalas num só botão de rosa.

– Não me olhe, bem.

– Gordo também sou.

– Como é grande, Laurinho.

Lavou-se ali na pia e deitou-se na cama, arrepiado com os lençóis encardidos.

– Ó mãe do céu! Será que não pega?

Nu, de meia preta e relógio de pulso. Ela surgiu balouçante na pontinha do pé, encheu todo o quarto. Se não a esperasse, teria gritado de susto.

– Quero mil beijos de paixão.

Reclinou-se no travesseiro, mãos na nuca, para ver tudo. O cabelo fosco de sabugo mal apanhado numa fita azul. Ela titilou a orelha. Brincalhona, despiu-lhe a meia, fez cócega no pé.

– Pare com isso.

Ainda bem o cabelo preso, não carecia afastá-lo com as mãos.

– Tire os dentes. Sem os dentes.

A cabecinha rugosa do velho São Jorge. Eis que se rasgam as nuvens do céu. Surge o feroz dragão de bocarra chamejante.

– Corta essa tosse.

Ela rolou para o lado estralando o colchão.

– Me alcance a cinta.

– De cinta, não.

Não era mais tarado que o marido?

– Me ajude – ele pediu.

Náufrago sumido no remoinho de brancuras deliciosas, afundava até o nariz nos vagalhões de espuma e geléia de mocotó.

– Assim não dá.

Tornaram às posições anteriores. Daí ela ficou de joelho.

– Está tinindo, bem.

– Veja como é quentinho.

– Bem devagar. Senão dói.

– Quem roubou o toicinho daqui?

– Foi o gato.

– Quedê o gato?

– O fogo queimou.

Ela se engasgava, outra vez tudo de novo.

– Quedê a água?

– O boi bebeu.

A vez de se enganar, ele, agulha sem rumo nos sete mares encapelados da rosa-dos-ventos.

– Galope, não. Fique no trote.

Corcoveava e bufava igualzinha à mula Brinquinha, que fora o seu primeiro grande amor.

– Cuidado que sai.
– Não bata, bem. Que dói.

Na falta de chicote, estalava palmadas no lombinho bem liso.

Em vão queria abarcar, aos pinotes entre maminhas e coxões. Com as duas mãos sacudia o tronco, juncando o chão de pitanga madura, sem alcançar os galhos mais altos.

Da cabecinha tonta o uivo lancinante:
– Ai, minha Nossa Senhora!
– É pecado, bem.

Podia que Deus castigasse. Cravou os caninos na nuca da mulinha na reta final.

– *Par délicatesse...*

Ela gemia, sem entender as fortes pancadas na radiosa nádega, uma cesta forrada de tenras folhinhas e derramando em cachos de uvas rosadas. Perdeu-se de foz em fora e, arrastado pela correnteza, ouvindo o soluço amoroso de Ofélia entre os lírios, adormeceu.

De repente sentado na cama com um grito.

– Que horas são?

Um resmungo abafado:

– Seis horas, bem.

Aos pulos abriu a cortina, a maldição da manhã. Esfregou o pó da vidraça: gente apressada lá na rua. Erguidas as portas dos bares. Caminhões descarregavam caixas de bebidas. Ele não achava a outra meia.

– Dá um beijinho.

Era a gorda envolta na colcha esverdinhada.

– Que beijinho.

Tateando debaixo da cama:

– Onde estás, ó meia desgranhenta, que não respondes?

Essa gorda não me larga nunca mais. A mulinha que o seguia pelo potreiro, relinchava ao distingui-lo na trinca de piás.

Aflito sentou-se na beira da cama, as mãos

na cabeça. Se achasse a meia, jurou que. Rangendo o colchão, a gorda babujou-lhe o pescoço, mordiscou a nuca.

Cabiam numa caixinha de sabonete os restos de dignidade. Adeus, ó rato piolhento. Inscrever-se no cursilho. Dois quilos menos de barriga. Não bater nas filhas.

– Só um beijinho – repetia a gorda, implacável.

De costas, ele se ofereceu ao olho dos chins nos buracos do tabique. Decerto a meia no fundo da bolsa de franjas.

Se não a recuperasse, já não voltaria para casa. Perdidas a mulher e as filhas. Prisioneiro daquele quartinho sórdido. Para sempre nos braços da gorda, que lhe roubava o primeiro dos mil beijos da paixão.

Cantares de Sulamita

CANTAR 1

Se você não me agarrar todinha
aqui agora mesmo
só me resta morrer

se não abrir minha blusa
violento e carinhoso
me sugar o biquinho dos seios
por certo hei de morrer

estou certa perdidamente certa
se não me der uns bofetões estalados
não morder meus lábios
não me xingar de puta
já já hei de morrer

bata morda xingue por favor
morrerei querido morrerei

se você não deslizar a mão direita
sob a minha calcinha
murmurando gentilmente palavras porcas
sem dúvida hei de morrer

também certa a minha morte
se você não acariciar o meu púbis de Vênus
com o terceiro quirodáctilo

já caio morta de costas
defuntinha
toda morta de morte matada

morrerei gemendo chorando se você titilar
a pérola na concha bivalve
morrerei na fogueira aos gritos
se não o fizer

amado meu escuta
se você não me ninar com cafuné
me fungar no cangote
mordiscar as bochechas da nalga
me lamber o mindinho do pé esquerdo
juro que hei de morrer
certo é o meu fim

te peço te suplico
meu macho meu rei meu cafetão
eu faço tudo o que você mandar
até o que a putinha de rua tem vergonha

eu fico toda nua
de joelho descabelada na tua cama
eu fico bem rampeira
ao gazeio da tua flauta de mel
eu fico toda louca

aos golpes certeiros do teu ferrão de fogo
ereto duro mortal

ó meu santinho meu puto meu bem-querido
se você não me estuprar
agora agorinha mesmo
sem falta hei de morrer

se não me currar
em todas as posições indecentes
desde o cabelo até a unha do pé
taradão como só você
é certo que faleci me finei
todinha morta

se não me crucificar
entre beijos orgasmos tabefes
só me cabe morrer
minha morte é fatal
de sete mortes morrida
mortinha de amor é Sulamita

Cantar 2

Ó não amado meu
moça honesta já não sou
e como poderia

se você me corrompeu até os ossos
ao deslizar a mão sob a minha calcinha
acariciou a secreta penugem arrepiada?

como seria honesta
se você me deitou nos teus braços
abriu cada botão da blusa
sussurrando putinha no ouvido esquerdo?

se pousou delicadamente sem pressa
a ponta dos dedos nos meus mamilos
até que ficassem duros altaneiros
apontando em riste só pra você?

maneira não há de ser moça direita
depois de ter as bochechas da nalga

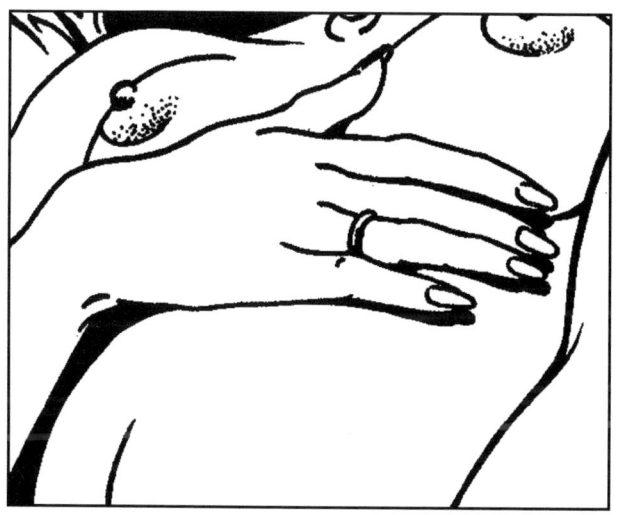

mordidas por teu canino afiado
que gravou em brasa para sempre
com este sinal sou tua

não nenhum resto de pureza
assim que descerrou os meus lábios
dardejando a tua língua poderosa
na minha enroscada em nó cego

como ser mocinha séria
depois de beijar todinho o teu corpo
com medo com gosto com vontade
de joelho descabelada mão posta
à sombra do cedro colosso do Líbano
mil escudos e troféus pendurados

é possível ser moça de família
se me sinto a rosa de Sarom
orvalhada da manhã
com um só toque do teu terceiro quirodáctilo?

Ai precioso amado querido
meu corpo tem memória e febre
meu puto me abrace me beije
sirva-se tire sangue me rasgue inteira
satisfaça a tua e a minha fome
finca o teu pendão estrelado
onde ele deve estar

oh não meu príncipe senhor da guerra
mocinha séria já não sou
me boline devagarinho
no uniforme de gala da normalista
atenção às luvas brancas de renda
me derrube na tua cama
de lado supina de bruços

me desnude diante do espelho
me arrume de pé dentro do armário
me ponha de quatro
me faça de carneirinha viciosa do bruto pastor
me violente sem dó com firmeza
só isso mais nada

sim bem-querido meu
sou putinha feita pra te servir
me abuse desfrute se refocile

quero sim apanhar de chicotinho
obedecer a ordens safadas
submissa a todos os teus caprichos
taras perversões fantasias
quais são? como são? onde são?

me diga como posso ir à igreja
de véu no rosto Bíblia na mão
se você afastou com dois dedos firmes e doces
o mar vermelho entre as minhas pernas

expondo à vista ao ataque frontal
meu corpinho ansioso e assustado
me estuprou me currou me crucificou?

quando separou os joelhos
abrindo as minhas coxas
um querubim fogoso
de delícias me cobriu
com sua terceira asa de sarça ardente

como ser moça ingênua
se antes sou uma grande vadia
o teu exército com fanfarras desfilando
na minha cidadela arrombada?

ai quero te dar até o que não tenho
amado meu santuário meu
quero ser a tua cadelinha mais gostosa
como nunca terá igual
serei vagabunda eu juro
todas as posições diferentes
todos os gemidos gritos palavrões
todas as preces atendidas

desfaleço de desejo por você só você
montar o teu corpo cândido e rubicundo
é galopar no céu
entre corcéis empinados relinchantes

vem ó princesa minha
depressa vem ó doce putinha
aos gritos fortes do rei que batem à porta
o meu coração se move
salta de um a outro lado do peito
já se derretem as minhas entranhas
o rosto do amor floresce neste copo d'água

eu sou tua você é meu
por você inteirinha me perco
quem fez de mim o que sou?

sim amado meu
sou virgem princesa concubina
égua troteadora no carro do Faraó
vento norte água viva
sou rameira tua rampeira Sulamita
lírio-do-vale pomba branca
morrendinha de tanto bem-querer
até que sejamos um só corpo
um só amor
um só

Tutuca

— Maldita roda de pôquer. Bebi demais. Não me deixaram sair. Dormi no sofá. Meio-dia, não é? Não se preocupe, minha ve...

No meio da frase a mulher bateu o telefone. Bem que a Tutuca prometera acordá-lo às cinco da manhã. Bêbada também, dormiu a pobrezinha (além de suspirar no gozo, mordia-lhe o braço, riscava a unha no peito).

Às nove da noite entrou ressabiado na cozinha. Maria foi para a saleta de televisão. Meia hora depois João entrou na saleta, ela foi para o quarto. João entrou no quarto, ela deitada de costas no escuro.

Dia seguinte deparou um recado no camiseiro, debaixo da escova de roupa: *João: Deixe dinheiro para as compras – Maria.* Muita graça do bilhete nominado e subscrito, apenas os dois na casa. Ela na pior fase, os filhos casados, ainda sem a distração dos netos. Com o amor pela Tutuca crescia a ternura por sua pobre velha, transbordava o coração de carinho para as duas.

A tarde inteira com a Tutuca, chegava cedo em casa, não conseguia encontrar-se no mesmo aposento com Maria. Se lhe falava, asinha ela se afastava, sem parar para ouvir. Decidiu rabiscar um recado: *Maria: Amanhã o jantar do André. Você precisa ir* – e assinou com um sorriso.

Ela não voltava da visita ao filho, obrigou-se a ir só. Uma e outra noite não a achava: *João: Fui dormir na casa da Alice. Seu prato está no forno – Maria.*

Ainda bem não temperava com pimenta o feijão nem misturava sal no açucareiro. Desolado, instalava-se no sofá; a televisão ligada, sem a olhar, o copo na mão. Bebia até dormir sentado, um fio de baba no queixo. No almoço ele na sala, a mulher na cozinha. Jantava fora com algum colega (telefonava para Maria, única resposta o silêncio). À medida que bebia ficava pensativo, suspirava fundo, sacudindo os punhos crispados:

– Tutuuuca... – seu brado de angústia era o susto dos amigos.

Se, como pretendiam, não o amava por que voltava sempre? Voltava quando não havia outro – antes ele do que a solidão. Muita vez aceitou proposta de terceiro e com ele partia, amigada seis meses com um delegado de polícia. Desiludida, retornava para João, que a esperava com uma rosa no vaso, a torta de moranguinho na geladeira, a pecinha vermelha sobre o travesseiro. No seu ombro chorou a traição do outro. Ele a consolava, empenhado em fazê-la sentar, não alcançava a boca sem que ela se inclinasse. Dançavam sobre o tapete, Tutuca descalça cantava-lhe no ouvido, rouca e fora de tom – nem por isso menos querida. Beijava-a em

pontinha de pé e, tanta ânsia, o morango inteiro passou de uma para outra boca.

Na cama fazia loucuras para os seus sessenta anos, arrancando suspiros sinceros ou fingidos nunca soube. Ela apenas gemia, entre mil beijos fogosos João falava sem parar. Como era, aos olhos da fria e lúcida Tutuca – um velhinho, sim, guapo e galhardo, peito forte?

Valorizada pela sua paixão, os amigos a assediavam – e um por um a desfrutaram, logo decepcionados. Moça qualquer, alta demais, que desfazia no famoso coronel dos velhinhos. Se deixasse a mulher pelos braços rapinantes da Tutuca não lhe davam três meses de vida.

– Dona Maria é uma heroína.

Mais gloriosos três meses de vida seriam. Sua danação pela Tutuca permitiu-lhe entender Lucrécia Bórgia, Madame Bovary, Ana Karenina. Ah, se pudesse apagar o sol – presente de aniversário – dar-lhe a noite sempiterna.

– Seja bobo, meu velho. Ela recebe os gostosões, promove bacanais. Bebem a sua bebida, comem a sua comida, deitam na sua cama. Deixe essa bandida que o está arruinando.

Com o risco de perdê-la refloria a paixão. Oculto na esquina, espiava a janela iluminada. Atrás da cortina os vultos abraçados, retalhos de música, certo riso canalha. Sem coragem de irromper no apartamento, menos o receio do escândalo que o pavor do abandono. Dia seguinte os discos arranhados, livros rasgados, lençóis revolvidos – o violão de corda rebentada.

– Tem mais: é lésbica!

Com a revelação jurou que, antes de voltar para a Tutuca, daria um tiro no ouvido. Insistiam os amigos que dona Maria era santa, ele rato piolhento de esgoto. Santa podia ser, mas imprestável na cama.

– Não sei de nada. Só quero a minha Tutuca – e o grito lancinante de saudade. – Tutuuuca...

Era lésbica? Melhor, mais excitante, das outras não tinha ciúme.

Chegou para jantar, a mesa nua, o fogo apagado: *João: Papai está doente. Não me espere – Maria*. Obrigado a fritar dois ovos, roeu naco de pão. Alguns dias sem beber, cedo para casa. Maria diante da televisão, ele no quarto com um livro. João diante da televisão, ela no quarto ouvindo rádio.

João: Papai precisa de você – Maria. Acompanhou o velhinho ao hospital. Queixou-se ao doutor, ele também, tontura e sangue pelo nariz. Tão desgraçado, comia demais, engordou seis quilos.

Censurar a pobre velha não podia. Nem arrepender-se de amar a sua Tutuca. Como não amá-la se era o sal na clara de ovo? Sem João que seria da coitada, além de bandida, lésbica e, se fosse pouco, sofria de ataque?

– Ai, não agüento mais... Que saudade da Tutuca – as lágrimas correndo na carinha enrugada. – Onde está você? Tutuuuca!

Estava com o outro, com os outros, uma cadela a qualquer um se oferecia.

– Ai, Tutuca, por quê? Ai, meu pai divino, onde estás que não respondes?

Estralava o nó dos dedos, assim tivesse perdido o dinheiro, as chaves, a pasta de processos.

– É a maior das fingidas – admitiu para os amigos. – Bem que descobri. O que ela contou é mentira, tudo mentira.

Depois de suspirar fundo:

– Só o amor dela é verdadeiro.

As cinco da manhã deu com a porta do quarto fechada. O primeiro ímpeto derrubá-la com pontapé. Muito cansado para discutir. Não percebia a velha que sua atitude injusta lançava-o nos braços da devoradora Tutuca? As duas poltronas trinta anos lado a lado não eram sagradas?

No antigo quarto da filha o seu pijama e o

chinelo. No camiseiro as cuecas e camisas bem amimadas. Teria a velha confidenciado a uma amiga:

– Assim que ele morra eu começo a viver.

Ai dela, se morresse antes que João?

Acordou com o chicote do sol no rosto. Mãozinha trêmula, cobriu o olho. Caso a situação durasse, escolhia as palavras do bilhete: *Maria: Favor...* (ai Tutuca) *coloque* (ai Tutuuuca) *cortina janela – João.*

O mestre e a aluna

Eis o ponto final na minha tese: *Capitu sem enigma*. Esfinge sem segredo. A epígrafe você sabe de quem: "Se a filha do Pádua não traiu, Machado de Assis chamou-se José de Alencar". É o último dia de apresentá-la ao Mestre e Orientador.

Ducha ligeira, blusa vermelha, saia xadrez plissada, meia preta três-quartos, bota de saltinho. E saio correndo, as pontas do cabelo molhadas. Não devo entregá-la na Faculdade. Mas no seu apê. Segundo ele, oferece mais sossego – a mulher está viajando.

O Mestre me introduz no escritório. Instala-se atrás da grande escrivaninha, inchada de papéis e livros. Indica uma cadeira à sua frente. Folheia o trabalho. Duas ou três perguntas. Apruma-se na poltrona e me concede um sorriso.

– Agora podemos conversar.

Estende o bracinho curto.

– Aqui mais perto.

Ai de mim, bem o que eu temia. O que, na minha vez, faria Capitu? Não se sacrificou ao marido e senhor para sua ascensão social? Devo o mesmo a esse asno pomposo e pançudo? Se não vou, já sei: nota insuficiente, reprovação, a carreira truncada.

Dou volta à mesa, subo os degraus do meu cadafalso. Me encolho na cadeira próxima. Escondo o tremor das mãos. Joelho apertado, olhinho baixo. Assim perdida quanto a amiga da Sanchinha – amiga ou, mais certo, amante?

– Tão bonitinha...

Voz grossa e rouca. Já engolindo ruidoso em seco. Inclina-se e, sem mais intróito, passa de leve o indicador em volta dos meus lábios. Devagar, degavarinho. O dedo fica manchado de batom. Para minha surpresa, sinto a resposta de pronto na xotinha. Pétalas de rosa já se abrem ao rocio da manhã.

Descerro os lábios, ele insinua o dedo e gira na minha língua. Só com a ponta me ponho a lamber o dedinho – sou eu? é a outra, safadinha, lá na Suíça?

A gente se olhando sempre no olho. Eis que enfia todo o dedo na minha boca. Chupo e lambo, gozosa. Já viu beija-flor no pote de água com açúcar? Aquela asinha frenética o meu coração. Todinha presa pela língua – não fosse ela, desferia vôo.

Aí recolhe o dedo. Me ergue nos braços e me beija. A minha língua na dele. A dele na minha, enroscadas. Sou peixinho fora do aquário, estalando o bico de aflição, sem ar para beber, sem água para respirar.

Ele se recosta na cadeira. Me deixa de pé entre os seus joelhos.

– Tire a blusinha.

Começo a desabotoar numa confusão de dedos. Presa ao grito dos seus olhos. Espantada. Mais de mim que dele. Euzinha, quem diria.

Não trago sutiã. E abro envergonhada a blusa, que desliza aos meus pés. Ele se chega.

– Que peitinho mais lindo!

Veja, ó puto: o Monte Sinai da revelação e o seu duplo. Rodeia a língua babosa no meu mamilo duro. Primeiro um, depois outro. Bacorinho mamando, suga o leite mais doce. E de súbito abocanha. Todo o peitinho na sua boca escancarada. Com a mão direita titila o segundo biquinho. Perna já não tenho, o que me sustenta de pé? Só quero ser lambida. Todinha lambida. Ai, minha calcinha orvalhada!

O Mestre corre o fecho da calça. Presto exibe o punhal róseo de mel. Desfraldado, em riste. A durindana em brasa viva tinindo à cata de sua bainha. Olho estupefata e aturdida, quem sou eu? qual o meu nome? o que estou fazendo?

– Levante a sainha, amor.

E eu? Oh, não, obedeço. Sim; meu senhor.

– Fique de costas. Mostre o teu rabinho.

Me viro, ergo a sainha até a metade.

– Rebole essa bundinha.

Peticinha arisca, refugo mas atendo: empino e volteio o lombinho indócil, que nenhum cavaleiro já montou.

– Tire a sainha, querida.

Ela cai sem ajuda.

– Agora bem devagar a calci... assim...

Relutante, aos poucos, eu... No seu gordo olho sangüíneo enxergo a minha violação. O anúncio do meu estupro múltiplo.

– Agora venha aqui. Não. De joelho.

O obelisco impávido colosso ali na minha cara. Dispensa mandar. Lambo desde as fundações até o supremo capitel. Dardejo. Beijo deliciada. Ponho inteirinho na boca – é todo meu!

Sou o néctar da flor carnívora que suga o bico do colibri gigante.

Brusco e violento, me suspende com as duas

mãos. Joga de bruços ali na mesa. Caem livros e papéis, quem está ligando? Nas últimas forças, um grito de pânico:

– Tem dó de mim!

Ele se imobiliza.

– Você é virgem?

– Assim... meio... quase...

Feroz, impiedoso, triunfante.

– Não tenha medo, sua putinha.

Entre as pernas eu sinto o badalo de um Quasímodo cego e surdo – os sinos dobram por você, Esmeralda.

– Se eu tivesse dó, você ia gostar menos!

Trêmula e suplicante:

– Só peço... tudo que é sagrado... seja paciente e delicado...

Ah, é? Qual dó. Qual delicado e paciente. Qual meio bastante quase: o bruto vem com tudo.

Enterra o picão na pequena bucetinha entreaberta. Tão úmida, ansiosa, inchada, que ela geme:

– Ai, sim. Me foda, sim.

Não reconheço a voz. Juro, minha não é. Ele empolga as rédeas no queixo, aos brados:

– Vou foder, sim, cadelinha. Foder essa buceta de puta. Essa xotinha melada de vadia.

É o sinal: gozo no corpo inteiro, suspensa entre o céu e a terra.

Olhe o arco-íris se abrindo nas nuvens.

Gozo mordendo o pau gostoso com os dentinhos da xota.

Gozo elevada no ar – veja, mãe, sem as mãos!

É quando oAnjo do Terror sopra no meu ouvido:

– Sabe o que pede uma egüinha como você?

Não sei. Ai, que medo. O que pode ser?

– É tomar bem dentro do cuzinho.

Estremeço. O cuzinho, ele sim, é virgem.

– Ah, não. Isso, não. Tudo, menos...

É tarde: já a cabecinha rodeia e acha sozinha o portal sagrado. Ai, sem pedir licença. Ai, ai, está entrando. Me agarro com força à mesa e tento me livrar.

Pobrinha de mim. Ele me segura firme pela cintura. E me abre pela metade. Em duas partes, separadas. Começo a chorar, de tanta dor.

Mas qual prazer maior é esse, ó mãezinha? Que nasce da entrega exultante ao teu martírio? Mais forte que a própria dor?

São duas asinhas loucas de êxtase batendo duzentas vezes por segundo no meu coração calipígio.

Devo rir ou chorar? Oh, dor. Ai, delícia.

– Ai, que rabo mais gostoso. Grande vagabunda. Era isso o que você queria. Capitu, porra nenhuma. Veio aqui só pra dar. Prova é a tua calcinha roxa... de rendinha preta...

Nossa, o Doutor e Mestre piradão. Esse é o Zeus trovejante de raios sobre o solecismo bárbaro? Esse o implacável Robespierre, carrasco e guilhotina, no encalço da crase humilhante?

– Quero encher esse rabo de porra. Quero gozar bem no teu cuzinho.

Dele a grotesca bocarra de gárgula que despeja esse chorrilho de palavrões imundos?

Ai, fico tão excitada. Sinto a bundinha pulsando e latindo de puro tesão. Recebo o cálido repuxo do Mestre de Letras no meu cofrinho arrombado: o vinho na taça roubada é mais doce.

E os dois explodimos em estrelinhas piscantes no céu, peixinhos dourados no azul do mar, florinhas de todas as cores vagando no ar.

Vestidos e recompostos. Um tantinho ofegantes.

– Na próxima vez continuamos...

De novo o Grande Inquisidor das monografias.

– ...a discussão sobre Capitu.

Me leva até a porta. Essa, não. Um ósculo furtivo em cada face.

Ó doce cantiga de ninar

— Você é broinha de fubá mimoso.

Mal se entregavam aos primeiros beijos alucinantes, tocou a campainha.

– Bem quieta.

O arrependimento de estar, às quatro da tarde, em cueca e meia preta, nos braços vendidos de uma bailarina.

– Melhor atender, querido.

Sem parar a maldita campainha: coronel ou cafetão?

Ele enfiou a calça. Maria envolveu no roupão encarnado o delicioso corpo nu. Enquanto a moça atendia a porta, João calçou o sapato, vestiu o paletó: o escrivão redigia o flagrante?

– Você não é médico, querido? – a moça de volta. – O filho da vizinha com ataque. A mãe desesperada. Que alguém acuda.

– Ela telefone para... – a lingüinha insinuava-se por entre os dentes. – O que eu posso fazer? – a penugem da nuca arrepiada. – Só por você.

Sentado na cama, apertou o cadarço do sapato, ela retocou a gravata azul de bolinha. No corredor a mãe descabelada (outra bailarina em roupão de seda) retorcia as unhas douradas.

– O doutor desculpe. Não sei a quem apelar – e afastou-se, revelando o quadro.

Na cadeira um bicho medonho. Barbudo, guincha e sacode-se de fúria. Gira velozmente as rodas e, no caminho, atropela, quebra, derruba. Enxergando ao lado da mãe o tipo de bigodinho, recua até o canto da sala, uivante de ódio.

– Ele não se fia de homem.

A imagem do enfermeiro que o sujeita ao castigo do banho frio.

Corpo de menino e cabeça de velho, dente podre. No pijama gota de café, borrifo de sopa, buraco de cigarro. Perna fininha e curta, no pé inútil a longa unha recurva. Além de paralítico, retardado – aos dezoito anos rosna duas ou três palavras: amanhe, papinha, dodói.

Borbulha a boca torta do monstrinho, a dona queixa-se para João e, puxando-lhe a manga, a moça funga nervosa. Interná-lo a mãe não podia, muito caro o tratamento. Como indigente ninguém o aceita. Cada vez mais difícil subjugá-lo, o braço forte de tanto rodopiar a cadeira – ao projetá-la contra a parede, arrasta-se ferido no chão, bichano de perna quebrada.

Cabeça caída no peito, parece adormecido. O doutor arrisca um passo. Espirra olho vermelho de sapo debaixo da pedra. Dentes amarelos arreganham-se: corre a mão no queixo, respinga fios de escuma.

– Acha que a baba pega!

Assanhado o apetite do menino, distrai-se na prática solitária, consolo que já não basta. A mãe dava-lhe banho, não pode mais. Esfrega-o com luva embebida em álcool, serve-lhe a carne sangrenta na boca. Perseguida pelo seu infame desejo, alicia para ele uma colega. Por dinheiro o doutor encontra uma e outra, que a tudo se presta.

– Quem sou eu, logo eu, para falar?

Não voltam para satisfazê-lo ali na cadeira porque as machuca e aterroriza. Rainha do mundo, palácio de prazer, ela que tivera todos os homens, aos poucos reduzida à miséria.

– O doutor é homem culto. Essa maldição mais triste eu mereço? Não sabe quem sou?

Nenê, a mitológica Nenê, era ela. Famosa concubina de senadores, filhos pródigos, banqueiros. Pitonisa que iniciou nos mistérios sagrados o pai de família. Nas voltas de sua coxa fosforescente que de gerações inteiras relincharam?

Ali a grande Nenê de antanho. Última cortesã de um paraíso sempre celebrado: ó Mesquita, ó Otília, ó Dinorá! Pelo quimono em desalinho, o médico entreviu delicadezas ainda rijas, brancuras ainda ofuscantes.

Crescia o filho, declinava o seu poder e glória, ninguém a queria com tal fenômeno – e do verde olho soprou cacho rebelde. As derradeiras prendas para o médico, a bruxa, o curandeiro. Arrancara de suas entranhas a chaga podre, rezou mil novenas, a boca entupida pelas cinzas da amargura. Cada vez pior, o menino recusava-se a comer, a deixar-se limpar. Perdida a paciência, pagava ao enfermeiro que, à força, o adormecia com injeção. Sossego de pouca dura, grito de fúria sacudia o sono. Inútil o calmante na comida, entregava-se até à exaustão ao prazer solitário.

– Por que não dei formicida na cerveja?

No último instante despejou o copo na pia. Constrangida no meio da noite a convidar a primeira mulher na calçada. Bom menino, deixa que lhe corte a barba, apare a unha, troque o pijama. Volta a agitar-se e, no fim das forças, para não matá-lo ou matar-se, Nenê atrai nova presa. Se não o satisfaz, rebenta o rádio, explode na parede o prato de feijão, urra à janela. Mais alto que as pancadas do vizinho na parede, o uivo dos cachorros, os berros do porteiro.

Aquela tarde, como se negava ao seu capricho, atirou ao chão a tigela de sopa. Desesperada, bateu na porta de Maria: quem sabe a vista de moça bonita o acalmasse.

– O que ela podia fazer?! – e dedinhos aflitos sacodem-lhe a manga. – Dou uma injeção, quer?

– Dessa já dei uma.

– Mais uma ou até duas!

Sem ser pressentido, o flagelo da mãe chega-se furtivo, um grito de Maria:

– Ele quis me... – presa de susto.

Minotauro a embalar-se de amor impotente, fio de baba faísca nos cabelos crespos do peito.

– Apanhar a maleta no carro. Você vem comigo.

Mal saem no corredor; o estrondo das rodas na porta, rugido selvagem.

– Espere aqui – e precipita-se o doutor escada abaixo.

Minutos depois com a maletinha preta. A moça diante do elevador, pálida.

– Furioso. Começou a quebrar. De repente tão quieto.

João bate com força, aguarda impaciente. No corredor escuro uma barata rói o silêncio, a mocinha funga de medo, ele escuta uma veia na testa. Como a dona não atende, torna a bater. Ainda um minuto, a chave gira na fechadura.

Nenê abre a porta, ajeita as dobras do quimono, afasta do olho um cacho grisalho. Sorriso triste, indica o seu menino que, muito em sossego, engole a sopa e estala os lábios de gozo.

– Como foi que...? – inicia a moça e cala-se depressa.

Duas normalistas

Às três da tarde, aperto a campainha do teu apê.

Trago uma colega. Tem 17 aninhos. Uniforme de normalista, como você pediu. Mais: corpinho de curvas, seio de maçã, bundinha arrebitada.

Está noiva. É a sua despedida de solteira. O meu presente para você.

Que nos abraça e beija. Logo se instala no trono do teu quarto. Todo-poderoso. Da tua poltrona governas o mundo.

Duas bandidas. Armadas para matar: boca pintada, blusa branca de botão, gravatinha, sutiã de taça, sainha azul plissada. Você liga o som frenético do coração de um drogado.

E dançamos devagarinho uma com a outra, ondulando os braços, a cintura, os quadris. Trocamos beijinhos e carícias. Sem pressa. Ela apalpa e belisca de leve a minha bundinha. Deslizo a mão sob a sainha dela e recolho presto senão queima: uma brasa viva.

Ao teu comando, uma vai tirando a roupa

da outra. Abrindo, um por um, os botões da blusa apertada. Tímidas, a cabeleira cobrindo o rosto em fogo. Brancuras e delícias só para você: uma nesga de ombro, o bico tremido de um seio, a volta fosforescente de uma coxa...

Você ordena, duro, que baixemos a calcinha. Quer ver as duas bundinhas – e já. Morrendo de vergonha, ai não, obedecemos.

Aos poucos, relutantes, vamos descendo as calcinhas, uma rosa-choque, outra vermelha. De costas, subimos um tico de saia – e um nadinha mais... Aprumadas no saltinho alto. São dois rabinhos à tua disposição. São as faces ocultas de duas luas rechonchudas.

Sob a anágua da normalista se espreguiça a Grande Prostituta da Babilônia. Ficamos de joelhos, o sutiã preto com rendinha de taça transparente. Uma diante da outra, as pernas afastadas. Buscando e roçando a penugem do ninho de colibri. Uma com o dedinho médio na xota da outra. Ela está molhadinha e eu toda inchada.

Daí rastejamos até você, sentadão ali de perna aberta. Nosso Grão-Paxá. Nosso Dom Pedro I de Sodoma. O fabuloso Ali Babá, mercador de nossos quarenta tesouros escondidos.

As duas nuinhas. Só com as longas meias pretas e ligas roxas. Tão dóceis, excitadas e amorosas. Você pode fazer com a gente o que quiser. Duas escravas para te servir. Duas cadelas no calor de serem cobertas. Engatadas no mesmo macho. Aos gritos apedrejadas pelos meninos da rua.

Te beijamos da cabeça aos pés. Me demoro na tua boca, esses longos beijos de língua que a gente gosta de dar. A noivinha lambe o teu pau colosso. Viaja por ele com toda a língua. Também me ajoelho em adoração desse Pai dos Pais.

Ai, Senhor, como é bom. Você descansa a pica na boca de uma, depois da outra. Canarinho rosado que numa só revoada colhe cento e uma formiguinhas de asas. As duas lambemos ele todinho e trocamos beijinhos na boca. Eu te chupo, bichana gulosa. Ela titila as tuas bolas com a língua. E o meu clitóris com o terceiro quirodáctilo.

Você agradece com dois bofetões estalados e ardidos em cada uma. Nas bochechas de baixo e de cima. Ai, bem, doeu. Assim com força, dói. Quer mais, putinha, quer?

Ai, gostosão, por favor me coma. Eu já não agüento. Me foda todinha. Venha, sua cadela. Venha dar gostoso pro teu macho.

Eu me sento no teu caralho. As pernas abertas sobre a poltrona. E sinto o teu punhal de fogo e mel trabalhando a minha xota. Galopo nas nuvens e deliro de olho fechado. A pomba branca do amor em pleno vôo alcançada currada estripada pelo ávido gavião.

A menina agarra com força os meus peitinhos, morde o meu pescoço. Os seus pentelhinhos crespos me arrepiam docemente a bunda.

Gozo no corpo inteiro. Tenho orgasmos do calcanhar até a nuca. Me desmancho de puro prazer. Fico ali gemendinha.

A guria se instala ao nosso lado. Me beija

furiosa a boca. E descansa a tua mão na bucetinha dela.

Eu também quero, ela pede. Então fique de quatro.

Ela – o grande olho verde arregalado de susto, desejo e medo – se põe de quatro na tua cama.

Ai, que linda nalguinha empinada. Os seios pendurados assim cachos maduros de uva rósea. A xotinha aberta prontinha para ser fodida. Separo os grandes lábios e acerto o teu bruto pau na pequena fenda úmida.

Quero ver você comendo a noiva. Quero ver o teu pau entrando com tudo. Quero te beijar todinho enquanto você trepa fogoso a tua cabritinha.

A menina geme enlevada e quero deixá-la mais feliz. Você enfiando com decisão o caralho, eu lhe acaricio o clitóris. Pedindo para morrer, ela chora lágrimas gordas de prazer.

Qual cuzinho você quer comer? Os dois, você diz.

Estou louca para te dar o rabinho. Ó minha gruta secreta entre dunas movediças. Fico tão cadelinha, piranha, rampeira. Ai, é bom demais. Ó meu mimoso cravo violeta.

O Rei dos Hunos ronda, acha, pede passagem. Violento e gentil. Ai, dor. Oh, delícia. O alfanje é recebido na bainha sob medida.

Que se escancarem os portais do templo das musas calipígias. Quando sinto a cabecinha entrando quero uivar. Sim. Bem putinha puta putona. Eu sou. Sim.

Cuidado, amor. Que dói. Devagarinho.

Ah, é? Pronto, lá vem você com toda a força. Sem piedade. O aríete impávido colosso arremete rompe marra tudo pela frente.

Que vagarinho. Sua viada. Pô, é pra doer. Geme. Assim. Chora. Mais. Já tiro sangue, orra.

Minha alma dá gritos de alegria. Você me racha pelo meio. Eu me abro em duas metades perfeitas.

Agora é a vez da noivinha. Com o teu cedro do Líbano bem dentro do meu pobre cuzinho, ela dedilha o meu botãozinho em chamas.

De tanto gosto, os grandes lábios batem palmas.

Frenéticos, piscam os pequenos e me mordem.

O cuzinho lambe os beiços e delira de boquinha aberta.

Ai, o coração latindo no peito e ganindo no meio das coxas.

Você não espera mais e explode o meu rabinho. Já não tenho cabeça mão perna.

Sem consciência.

Sou puro gozo. Só gemido êxtase epifania levitação.

Duas asas tatalantes da borboleta trespassada na múltipla agonia. A minha alma aos uivos subindo num rojão fervente de porra. E o teu Exército com Bandeiras ocupa toda a cidadela arrombada.

E eu? Choraminga a noiva esquecida. E eu? O outro cuzinho fica para outro dia, você diz.

Capitu sou eu

A professora de Letras irrita-se cada vez que, início da aula, ouve no pátio os estampidos da maldita moto.

Aos saltos de três ou quatro degraus, lá vem ele na corrida, atrasado sempre. Esbaforido, se deixa cair na carteira, provocante de pernas abertas. Mal se desculpa ou nem isso. Ela reconhece o tipo: contestador, rebelde sem causa, beligerante.

O selvagem da moto é, na verdade, um tímido em pânico, denunciado no rubor da face, que a barba não esconde. E, aos olhos dela, o torna assim atraente, um cacho do negro cabelo na testa.

Na prova do curso, o único que sustenta a infidelidade de Capitu. Confuso, na falta de argumentos, supre-os com a veemência e gesticulação arrebatada: infiel, a nossa heroína, pela perfídia fatal que mora em todo coração feminino. Insiste na coincidência dos nomes: Ca-roli-na, da mulher do autor (com os amores duvidosos na cidade do Porto), e o da personagem Ca-pi-to-li-n a...

A traição da pobre criatura, para ele, é questão pessoal, não debate literário ou análise psicológica. *Capitu? Simples mulherinha à-toa.* "Mulherinha, já pensou?"; ela se repete, indignada. "Meu Deus, este, sim, é o machista supremo. Um monstro moral à solta na minha classe!" E por fim: "Ai da moça que se envolver com tal bruto sem coração...".

Na prova escrita os erros graves de sintaxe e mera ortografia já não são disfarçados pelo orador com pedrinhas na boca. E por que, ao sublinhá-los na caneta vermelha, tanto a perturbam as garatujas canhestras?

Nas aulas, por sua vez, ela que o confunde: sadista e piedosa, arrogante e singela. Sentada no canto da mesa, cruza as longas pernas, um lampejo da coxa imaculada. E, no tornozelo esquerdo, a correntinha trêmula – o signo do poder da domadora que, sem chicotinho ou pistola, de cada aluno faz uma fera domesticada. Elegante, blusa com decote generoso, os seios redondos em flor – ou duas taças plenas de vinho branco?

Finda a aula, deparam-se os dois no pátio, já desaba com fúria o temporal. Condoída, oferece-lhe carona de carro, não moram no mesmo bairro? No veículo fechado, o seu toque casual a estremece, perna cabeluda à mostra com o bermudão e botinas de couro. A cabeleira revolta não esconde, agora de perto, o princípio de calvície.

Ao clarão do poste, as gotas de chuva lá fora desenham no rosto da professora fios tremidos de sombra. Com susto, o moço descobre que, sim, é bela: as bochechas rosadas pedem mordidas, sob a coroa solar dos grandes cachos loiros. Sem aviso, inclina-se e beija-a docemente. Para sua surpresa, em vez de se defender, a feroz inimiga lhe oferece a boquinha pintada, com a língua insinuante.

Dia seguinte ela telefona, propõe irem ao teatro, já tem os convites. Essa, a norma no futuro: tudo ela paga – o ingresso, o sorvete na lanchonete, a conta do restaurante.

Na volta, ela comenta o espetáculo. Ele ouve apenas. Silêncio inteligente? Ou não tem mesmo o que dizer? No carro, mais beijo, mais amasso.

"Louca! Louca! O que está fazendo? Nada de se envolver. Logo esse, um babuíno iletrado, que coça o joelho e odeia Capitu? E o teu filho, mulher? Não pensa que...?" É tarde: língua contra língua, apenas uma boca faminta que pede mais e mais.

Dias depois, convida-o para jantar. Música em surdina, luz de vela, vinho branco. Um filme clássico no vídeo, nenhum dos dois chega a ver. E a confusão da primeira vez:

– Como é que desabotoa? Não consigo...
– Cuidado, bem. Assim você rasga!

Só o bruxuleio da tela. Tudo acontece no falso tapete persa da sala, onde ele derruba o seu copo de vinho: ó dunas calipígias movediças! E sai de joelho todo esfolado.

Flutua dois palmos acima do chão: "Como é gostosa, a minha professorinha!".

À sua mercê, na pose lânguida de pomba branca arrulhante. O queixo apoiado na mãozinha esquerda (com tais dedos fofinhos, tal Mariazinha estaria perdida na gaiola da bruxa). O sestro de apertar o olhinho glauco que a faz tão sensual – e era apenas, ele soube depois, o da míope sem a lente de contato.

Uma semana mais tarde, de volta do cinema, ele entra para um cálice de vinho do Porto. Daí se queixa do joelho esfolado. Ela o recolhe no quarto, a ampla cama redonda.

Ao clarão da lua na janela. Sempre a luz apagada, uma cicatriz de cesariana? Arrepiado, ele evita acariciar-lhe o ventre. Mais excitante:

– Eu não sei fazer direito. Com ele... nunca fiz.

Casada sete anos com um dentista. Divorciada há dois. Um filho de cinco.

– Com o tal nunca senti prazer. Me ensine.

O que ela não conta: dez anos mais velha.

– Eu quero aprender. Só para te agradar.

– ...

– Com você é por amor.

De súbito, já esquecida:

– Põe tudo, seu puto. Vem todo dentro de mim!

É o ritual. Mais um filme clássico, que ele abomina e não vê. Ela, aos gemidos e suspiros:

– É assim que se faz? Pode pedir. Tudo o que... Sou a tua escrava!

Escrava, sim, rastejadora e suplicante ou professora despótica, ainda na cama:

– Estes dois, está vendo? Não são para exibir.

– ?

– São para pegar, seu puto. Não é enfeite!

A suposta aprendiz, na verdade, mestra com louvor em toques e blandícias.

– Agarre. Sim. Com força. Assim.

– ...

– Aqui, beba o teu vinho.

Quer viciá-lo, ela, a droga fatal?

– E mate a tua sede!

Se domina com fluência quatro ou cinco línguas, mais graduada é a lingüinha poliglota em ciências e artes.

— Estou fazendo direito? Ai, meu amor, vem... Eu quero tudo. Você todinho. Mais, seu...

Ó grande gata angorá — luxo, preguiça e volúpia —, os olhos azuis coruscantes no escuro.

— Fale, você. Ei, por que não fala?

Ele, durão. Nem um pio. Aturdido com tamanho delírio verbal.

De repente, batidas na porta. Fracas, mas insistentes.

— Pô, quem será?

O moço, um coração latindo no joelho trêmulo. Decerto o maldito ex-marido *(Não é minha? É de mais ninguém!).*

— Orra, o que eu... agora...

Nu, só de meia branca. "E agora, cara? Se esgueirar para debaixo da cama? Pular a janela? Sair voando pelo telhado?"

Um fio de voz:

— Mãe, por favor.

Ela já enfia o roupão.

— Mãezinha, estou com medo!

De chinelinho, a mão na sua boca:

— Não se mexa. Quietinho. Já volto.

Fecha a porta. As vozes se afastam. Ele acende

o abajur: mania dela, só no escuro. Algum defeito, além da famosa cicatriz? Vergonha do grosso tornozelo?

Todo vestido, espera sentado no sofá. "Nu, já não me pegam. Nunca mais."

De volta, ela explica que, isso mesmo, o menino se assustou. Medroso, quer dormir na cama da mãe. Sossega-o, mas não deixa: nada de fixação edipiana. Sempre as malditas fórmulas do velho charlatão, diz ele. Ou pensa, mas não diz.

Dois beijos, ele se despede. E sai de mansinho.

Dias depois, ela o convida, ele dá uma desculpa. Outro convite, outra desculpa. Na terceira vez, o encontro no teatro.

Logo no início da peça, ela não se contém. Voz alta e estridente, chamando a atenção dos espectadores, exige uma explicação. Cansada de amores furtivos. Não é mulherinha qualquer. O moço que se decida: assume o compromisso?

Em pânico, ele encolhe-se na cadeira.

– Eu passo a tomar pílula?

Olha fixo para o palco – depois dessa, Beckett nunca mais.

– Ou é o fim?

Ah, bandido querido, ela começa a chorar por dentro. Mil palavras nada podem contra o brado retumbante do seu silêncio. Não encobre, certo, verdades profundas e caladas. É apenas uma linda cabecinha vazia de idéias – e sentimentos. Desesperada, agarra-lhe a mão. Geme, baixinho:

– Me perdoa... Me perdoa...

Não ele. E aproveita a deixa:

– Você tem razão. É o fim.

Só falar em enigma de Capitu, ele já passa a mão no revólver.

– Sou muito moço para...

Sem perdão ela foi condenada, sequer o benefício da dúvida.

– Isso aí. Já falou. É o fim.

Dia e noite, ela telefona. E pede, roga, suplica, por favor. Que volte, por Jesus Maria José. Ele acaba cedendo. E já os mesmos não são: o doce leite que, só para ele, secretavam ainda os seus peitinhos presto azedou.

O mau aluno revela o pior: bebe o seu uísque, o seu vinho, o seu licor. Perde o acanho, prepotente e abusivo. Só deixar um tímido à vontade nos jogos do amor – e sua audácia não tem limite. Quer tudo, e já. Se, dengosa, ela nega para, entre agradinhos e ternurinhas, logo ceder – não com ele. Segunda vez não pede, o bruto simplesmente toma à força.

Ali na cama do casal, sob o crucifixo bento e a santa de sua devoção, ela se descobre uma bem-dotada contorcionista. É ela? é a sua gata angorá? possessa e possuída, aos uivos, em batalhas sangrentas pelos telhados na noite quente de verão?

Pela manhã, depois que ele se vai, chora de vergonha. "Como eu fui capaz... Não só concordei. Quem acabou tomando a iniciativa? Só eu. Euzinha. Não jurei que nunca, nunca eu faria... Meu Deus, como beijar agora o meu filho? Ó Jesus, sou mulherinha à toa? Eu, culpada. Eu... Capitu?"

Muito desconfia que, apesar da fanfarronice, ele o mais inexperiente. Disfarça o enleio com a feroz truculência. Chegará logo logo ao tabefe de mão aberta (que não deixa marca) e às palmadas sonoras na bundinha arrebitada. Não é o que merece uma cadelinha feminista, advogada graciosa da filha do Pádua?

Deixa-o de carro diante do barzinho, para encontrar os amigos. Amigos? As coleguinhas lindas e frescas, além de desfrutáveis. Boa safra, essa, para um jovem garanhão!

Ao sentir que o perde, tudo o que ela faz para retê-lo mais o afasta. Ah, quão pouco lhe serve agora a prosápia dos barões legendários: com a paixão e o desespero, vem o ciúme furioso. Não esquece que ele pode ter quantas queira – dez anos mais novas que... a tia? E que, elas mesmas, se oferecem agressivas. Sem promessa de constância ou fidelidade.

A tia bem o sufoca, executora de promissórias vencidas e extintas. Tão diferente da outra (vestida só de cabeleira dourada – adeus, nunca mais, ó dunas calipígias movediças!). Agora exige votos de eterno amor antes, durante e depois do amor efêmero.

Até que uma noite ele cavalga a moto, selvagens a máquina e o piloto, impávido na jaqueta negra de couro – surdo aos gritos que o estampido do motor abafa –, fruindo a liberdade da cabeleira ao vento (merda para o capacete!) e antegozando a próxima conquista.

– Adeus, gorda grotesca de coxa grossa!

Ela, arrependida e já resignada com o seu próximo calvário: a perseguição humilhante pelos bares, onde ele exibe o troféu de guerra da correntinha do tornozelo *(essa tia louca lá fora, sabe quem é?)*, a longa vigília diante da sua casa (mora com a mãe viúva), as preces não atendidas, as cartas patéticas, ainda que sem erros de sintaxe ou ortografia – merda para a correção gramatical!

Um babuíno tatibitate, ah, é, que coça o joelho? Quem dera, ainda uma vez, beijar esse joelho esfolado e, rastejando aos uivos, lamber as suas feridas... Ai dela, mesma situação da outra, enjeitada lá na Suíça pelo bem-amado, desgracido machista. E, apesar da péssima prova, graduado por média, com distinção em Literatura.

Essa mesma que, ciosa de sua dignidade, rejeitara uma carona de moto, ao ver que ele se vai, dela esquecido, quer segurá-lo – tarde demais. Na fantasia doida, alcança-o e salta-lhe na garupa, agarrada firme à cintura. Lá seguem os dois, abraçados, à caça de aventuras.

Depois que ele recolhe a moto na garagem e dorme serenamente na cama, ela continua na dura garupa. Condenada a vigiá-lo, a guardá-lo, sempre a esperá-lo.

Caminha descalça pelo inferno de brasas vivas. Uma série vergonhosa de casos: fotógrafo homo, pintor futurista, professor impotente, sei lá, poeta bêbado.

E, última tentativa de reconquistar o seu amor, acaba de publicar na *Revista de Letras* um artigo em que sustenta a traição de Capitu.

A sonsa, a oblíqua, a perdida Capitu. Essa mulherinha à-toa.

Prova de redação

Ai, doutor João, estou tão emocionada em lhe escrever. Nem pensei tivesse coragem. Uma colega minha me contou e fiquei muito interessada. Quem sabe?

Já fiz 16 aninhos. Não sou virgem. Sempre tive namorado, um deles quis noivar a todo custo. Eu, hem! Lá sou boba.

Posso gazear a última aula. É prova de Redação, que eu detesto. Vou mesmo com o uniforme da escola (parece que o doutor assim prefere): blusa branca, saia curta azul e a meia até o joelho. Já tenho peitinho, mas não uso sutiã.

Minha colega (não posso dizer o nome) me contou como é. Que o doutor conversa uns cinco minutos. Muita palavra com inicial maiúscula e ponto de exclamação. Pudera, não fosse da célebre Academia de Letras!

Em seguida encosta a gente de pé contra a parede. Desliza o dedo pelo rosto. Em volta dos lábios. De leve na ponta da língua. Sem querer, ela (eu) chupa gostoso esse dedinho gorducho.

Então o doutor beija na boca. De olho aberto. Pede que a gente dê a língua. Chega a morder com força. Aqui tenho de lhe avisar (ou *avisá-lo?* sou meio fraca em gramática): não posso chegar em casa com marca nenhuma! Minha mãe é da igreja pentecostal (eu também). Ela fica sempre espiando o meu corpo, se nota alguma diferença.

Aí o doutor abre devagarinho os botões da blusa. Em cada um, elogia – com palavrão de espanto – o que vai descobrindo. Segundo botão, mais espanto. E outro palavrão... Puxa, nome feio eu não conheço mais de dois. E tem sete botões o uniforme!

Daí o peitinho fica bem duro na sua boca. E a gente começa a gemer nem sabe por quê. Diz ela que o doutor alisa as coxas, que pronto se arrepiam. E sobre a calcinha – lá mesmo. Em resposta, ai, os teus? ai, os meus? lábios já vertem duas gotinhas de prazer... Mamãe!

Por falar em mãe, já pensou? Ela chega, abre a porta e me vê: blusa? meio aberta! saia? meio erguida! calcinha? meio abaixada! SOCORRO!

Nessa hora, se bem entendi, o doutor exibe o que chama de Memorial de Curitiba, com troféus e escudos pendurados. E manda pegar – ui, que medo! Tão quente que é, a mãozinha dela tremia. O senhor vai querer que eu pegue também?

Diz minha colega que a gente obedece. Envolve e segura, cuidado! sem massagear. Daí sente na palma da mão – como é mesmo? – as vibrações e ondas do carrilhão de Quasímodo tinindo por sua Esmeralda, uai. Isso com os peitinhos à mostra e de boquinha aberta. Para os mil e um beijos... Beijos? não. Ah, já lembrei... Mil e um ósculos de ninfeta libertina!

De repente o doutor me empurra (eu? ela?) de cara contra a parede. Ergue a saia e bota o Ponteiro do Relógio de Sol (tem um lá na Praça Tiradentes, isso que é falar bonito!) dentro da calcinha entre as bochechas (ai, lindas bochechas minhas, bem redondas, assim empinadas).

Agarra com fome um seio em cada mão. Chama ela? eu? de cadela e putinha. Vira a gente de novo e, sem aviso, epa! dá uma tapona estalada na cara.

Manda ficar de joelho e beijar e... Chupar, doutor, eu sei. Bem direitinho. Só tem que cuidar com a bofetada. Se a minha mãe ver (ou será *vir*? acho que faltei essa aula), ela me mata! O senhor tem que bater por cima da cabeleira (sim, loira natural, se quer saber).

Minha amiga diz que o doutor faz a gente pôr na boca o pau inteiro. Daí fala sacanagem (não tenho coragem de repetir) enquanto eu? ela? obedece. Depois tem de ficar de pé, descer a calcinha, bem degava... devagarinho. Rebolar a bundinha e aí se masturbar na sua frente.

Nunca me masturbei na frente de ninguém. Isso eu não sei se vou conseguir. Parece que o doutor manda deitar na cama, erguer a saia, abrir as pernas. Afastar os grandes lábios e tintilar (ou é *titilar?)* gentilmente um? dois? dedos na... concha rósea bivalve (assim que se escreve?). Só de pensar, o meu botãozinho fica todo inchado.

Quando a gente pede pra morrer, o doutor oferece a pica bem dura, que ela? eu? abocanha e goza, de olhinho fechado.

– Ei, sua putinha! Assim, não. Olhe para mim!

Eu abro e olho, o Carro de Guerra do Faraó todinho na boca. Ai, que vergonha. Que tremedeira. E gozo. E me reviro pelo avesso: ó gritaria na alma!

Daí mete na xota molhadinha. A tua penugem dourada é, para o doutor, uma coroa de louros na cabeça do caralho. Começa a judiar caprichado e gostoso. Falando bobagem com voz baixa e rouca:

– Vou foder essa vadia do colegial. Vou te currar todinha. Frente e atrás. Cabeça pra baixo. Te abrir pelo meio. Violar teus nove buraquinhos, sua piranha de Jesus!

Mesmo que não queira, você goza de novo em dois minutos. Tua xotinha de puro delírio morde com os dentinhos o pau colosso. E você? ela? eu? só diz ai, ai, ai.

Minha colega preveniu que nessa hora não posso fraquejar. O quê? Mais? O doutor ainda quer mais?!

– Só comer o cuzinho.

Ai, doutor, do cuzinho eu sou virgem. Por favor. Tenha peninha de mim. Perguntei a ela se doía. Disse que sim, porém uma dorzinha gostosa – o prazer mais forte que a dor. Isso eu não entendi.

Primeiro fiquei com medo. Falei que podia visitar o doutor. Só que o rabinho eu não dava. Se era para não dar, ela respondeu, melhor nem ir. Mas quero ir, doutor. E se for mesmo preciso, então eu dou. Ai de mimzinha, tenho um medo danado!

Bota ela? eu? de quatro e vem por cima. O Vampirão de Sodoma. João o Estripador de mortes delicadas.

E celebra:

– Ó bunda bundinha bundona! Ó recheio de mel, conhaque e trufa de que é feito o meu sonho!

Daí manda a gente rodopiar, sem perder o contato.

– Ai, dunas movediças... ai, remoinhos de delícias... ai, pirâmides calipígias em marcha...

À medida que você rebola, a Vara de Brasa Viva que separou as águas do Mar Vermelho (esse doutor tem cada uma!) se insinua de mansinho na tua fonte selada. E você começa a ver e ouvir mil estrelinhas de todas as cores. Não no céu. Dentro da gente, tipo os fogos de artifício na noite de Natal.

E o doutor, que é poeta romântico, fica todo inspirado. Fala igual uma arara bêbada no Passeio Público:

– Tá ouvindo, sua diabinha? O choro da maviosa Flauta Doce? É o que você bem queria, né? Diga sim. Sim. Gosta, sim. Dar o cu. Fala, vulgívaga. Já rebento as sete pregas desse rabinho. Até você gritar. Ai, como é bom. Engatar a minha pica todinha no teu cu.

– ...

– Ó boquinha redonda de medusa, morde com força. Estrangula sem dó. Me engole todinho no teu sumidouro.

— ?

— Abre as pálpebras do olho único de Polifema e recebe a estaca em fogo do belo forte impávido Ulisses.

— !

— Assim, galopa, assim. Bem gostosa na cabeça do meu pau. Messalina de calçada. Rameira rampeira. Sua cadela. Isso que você é. Tá se deliciando? Ai, mãezinha. Ai, me acuda. Tou gozando no meu cuzinho de virgem louca!

Puxa, o doutor, hein! Quem diria. Nem sabe que o meu (o dele!) rabinho não pára de piscar. Fremente, os lábios suculentos, chorandinho: Mais, mais, mais.

— Agora, diabinha, vai subir ao céu. Escute a trombeta. Veja o querubim. A luz na escada. Os raios. O carro de fogo!

E ela? eu? geme e grita e goza, erguendo os braços bem alto. Ai, ai, ai. E com a pontinha do dedo roça na asa do arcanjo que passa.

Ela explicou ainda que o doutor aprecia, enquanto fala, dar umas palmadas ardidas na bundinha da gente. Fica até a marca dos dedos. (Legal. Sabe que de apanhar eu gosto?)

E também das pequenas dentadas nas bochechas... Tudo bem. Na bundinha não tem problema. Lá minha mãe nunca vai ver. Então pode bater e mordiscar à vontade.

E manda que eu? ela? diga palavra porca. Eu digo e repito o que o doutor ensinar. Faço tudo o que pedir. Sou aluna muito aplicada (um pouquinho menos em Redação).

Por último ela falou de... nuazinha ali no espelho... só de luva rosa-choque... meia de seda preta e liga roxa?

Tocar a campainha e fingir que é vendedora de enciclopédia em prestações?

Vestir saiote plissado branco de jogadora de tênis?

Ficar de pé no armário, com a porta aberta?

Não entendi. Mas estou de acordo. Tudo eu faço. Quando é que posso ir?

Você é virgem?

— Eu vou com o José colocar as cortinas. Em uma hora estamos de volta.

Já na porta, a última recomendação:

— Cuide bem da loja, minha filha. E fique com Deus.

Ia tranqüila, era menina de confiança. Crescida para a idade – só 15 aninhos. Saudável, linda de rosto e corpo.

Passados alguns minutos, abriu a porta um moço de camisa cinza, jeans desbotado e tênis. Sorridente, muito gentil. Apalpou vários tecidos e indagou preços. Por fim pediu um cartão da loja. A mocinha solícita e feliz de sozinha atender um cliente. Logo na segunda-feira, nove da manhã.

Voz rouca, ele gaguejava, tanto que às vezes não o entendia. Um tipo nervoso e desconfiado. Mesmo ali dentro, não tirou o óculo escuro nem o boné vermelho, escondendo o rosto. Já de saída, pediu para ir ao banheiro.

A menina seguiu na frente, da loja para o ateliê com a grande mesa de fitas, retalhos, tesouras, mil apetrechos. Ao indicar a porta do banheiro, sentiu nas costas a ponta fina e fria.

— Quietinha. Nem um pio. É um assalto.

O joelho fraquejou, o olho escurecia, o pequeno coração disparava.

— Não se vire. Onde está o dinheiro?

— Não tem dinheiro.

— Como que não, sua mentirosa?

— O senhor é o primeiro cliente.

Mais nervoso, mais gago ficava. Agora de frente, o punhal tremia de leve na mão.

— Onde está o patrão?

— Ela foi entregar uma cortina. Já chega de volta.

— Onde ela mora?

— Aqui mesmo. No sobrado.

— E você? Mora longe?

— Com ela. É minha mãe.

Ali de perto, notou o dentinho de ouro. Sentia o ranço de bebida e droga.

— Não tem vale-transporte?

— Não preciso.

Mal entendia as perguntas, ele tinha de repetir. Ainda mais raivoso.

– E a tua bolsa, onde está?

– Ali na cadeira.

Ele despejou a bolsa na mesa: batom, espelhinho, escova, presilha, o retrato 3x4 de um garoto e uns trocados.

– Só isso?

– Só.

Assim mesmo recolheu as poucas moedinhas. Sempre atento na porta da frente. Ficou olhando-a, indeciso. Morenão, cheio de rosto, menor que ela.

– Se você mentiu...

– Eu juro. Por Deus.

De repente a empurrou e fechou no banheiro. Ela o escutava revirando as gavetas e vasculhando a loja. Chaveou a porta da frente.

De volta ao banheiro:

– Tire a roupa.

– Não tiro. Isso não.

– Não vou fazer nada.

Na dúvida, ela não obedecia.

– Já estou indo. Pra ter certeza que não foge.

Furioso e impaciente, espetou-lhe na cintura o punhalzinho afiado. A menina, tadinha, fazer o quê?

– Tire o sutiã.

Ela não queria. Acabou tirando.

— Agora a calcinha.
— Mas...
— Não tem mas. E depressa.

Assim que a viu desnuda, demorou-se a olhá-la. E mudou de idéia. Correu-lhe a mão suada e fria pelo corpinho arrepiado. Quis beijá-la, era demais: o horror daquela boca — ai, que nojo! — lambendo, chupando, mordendo.

Ao menor gesto de recusa ou defesa, cutucava-a com o maldito punhal. O banheiro era apertado. Então puxou-a para fora, de pé ao lado da mesa. Olhava ao redor. E trocou o punhal por uma tesoura:

— Fique de joelho.

Ela não ficou.

— Se não obedece...

E riscando uma cruz na bochecha.

— ... já te furo o olho.

Pronto, ela fechava o olhinho choroso.

— E te corto o rosto. Quer ver, sua...?

Daí a menina se ajoelhou. E, sempre com a ameaça da tesoura, fez tudo o que mandava.

Ele só baixou a calça. Sem tirar o boné nem o óculo escuro. Gaguejando bobagem e porcaria. Xingava-a de palavrões medonhos.

— Pare. Ai, pare.

Ergueu-a pelos cotovelos e arrumou sentada na grande mesa. Lá se foi pelo chão fita métrica, tecido, carretel.

– Você é virgem?

– Sou. Por favor, não...

– Assim que eu gosto.

De mãozinha posta:

– Por tudo que é sagrado... pelo amor de sua mãezinha... o senhor prometeu...

Ele virou para trás a aba do boné.

– Ah, é? Agora vai ver o que é bom!

E fez com ela o que bem quis. Abusou de todas as maneiras. Sabe como é.

Bem gago, xingando, olhava aflito para a porta. Ela gemia e chorava. Por favor, que parasse. Não podia mais de tanta dor.

Até que ele se fartou. Escolheu um retalho e, ficando de costas, se limpava.

Em seguida, quem diria, enxugou a coxa toda em sangue da pequena. Sacudida de tremores, com febre, soluçava baixinho.

Daí agarrando-a

com violência pelos cabelos arrastou de novo para o banheiro.

– Ai de você, putinha. Se der um grito...

Demorou-se a espiá-la.

– ...eu volto e te mato!

Não fosse a pressa, ai dela, fazia tudo mais uma vez.

– Quietinha, hein? Feche esse bruto olho. Conte até cem. Bem devagar.

Ela ouviu os seus passos ligeiros até a porta, que bate de leve. Assim mesmo, contou até mais de cem, cento e cinquenta. Só então saiu, já vestida.

Chamou a vizinha, que acudiu e ligava para a mãe.

Feito louca, de volta num instante. Ao vê-la, a pequena atira-se nos seus braços.

– Eu quero morrer.

Toda em ais e pranto.

– Eu vou me matar!

E busca uma tesoura. Sufocada, não pode falar. A mãe nem começa uma pergunta, os olhos da menina furadinhos de gordas lágrimas verdes. Tem nojo e ânsia, correndo ao banheiro para vomitar.

Quer tomar banho, com pavor de aids. E gravidez. E se...

Oh, não, meu Deus!

Desde aquele dia só dorme de luz acesa. Sozinha nem pensar. De tudo tem medo. No meio da conversa fica de olhinho vazio. Se esconde para chorar. Jamais atende homem na loja.

De alegre e extrovertida, passa a quieta e ensimesmada. Desiste de estudar, ela que teve sempre as melhores notas. Uma vez por semana é levada ao consultório da terapeuta.

Sonha que está sozinha na loja. Um tipo abre a porta. Óculo escuro e boné vermelho. *Você é virgem?* Sorri com o dentinho de ouro. *Tá gostando, né, sua puta!*

Ela acorda sentada na cama.

– Mãe, ói...

O grito afogado de horror.

– ...ói o bandido!

Apesar dos exames negativos, toma dois a três banhos por dia. Tiritando e chorando sob a ducha – os olhos mordidos por formigas brancas de fogo.

Mais que se esfregue, água não há bastante que limpe o corpo imundo e lave a memória suja.

Recusa ver o namoradinho (do retrato na bolsa).

Nunca sai à noite.

Alguém fala em aids? Pronto. A menina tem crise de choro. Quer morrer, quer se matar. E só. E mais nada.

Rita Ritinha Ritona

Aos 13 anos, Ritinha floriu numa orgia de beleza. Toda graças e prendas. Foi um susto na família. Um espanto entre as amigas. Uma surpresa a cada desconhecido.

À sua passagem, os cãezinhos a passeio presos na coleira davam duplos saltos-mortais de alegria. Nas janelas os vasinhos de violeta batiam palmas para lhe chamar a atenção. As pedras mudavam de lugar na calçada, cada uma disputando o afago do seu pezinho. Os semáforos se acendiam em onda verde, não atrasá-la caminho da escola. Um bando de garças voou lá do Passeio Público para vê-la.

Desde menina dançou balé, estudou inglês, atirou-se do trampolim mais alto na piscina. Tinha seu próprio quarto, com tevê e computador. Cartazes de Paul McCartney e *O beijo*, de Klimt. Uma foto do selvagem Brando.

Aos 15 anos, de um dia para outro, segundo

susto, novo espanto, maior surpresa. No seu corpo aconteceu um milagre da natureza: ó delírio de curvas, doçuras e delícias!

Ao vê-la da primeira vez, você logo suspirava: *Ai, Rita, meu amor!* De joelho e mãozinha posta. Igual se deslumbrou diante do mar nunca visto – as grandes ondas rebolantes desse oceano de olhos verdes, despenteando ao vento as longas melenas loiras de espuma. E, tocado de tal assombro, gemerá para sempre: *Ai, Ritinha, Rita, Ritona!*

Para ela, cada dia era uma festa. O telefone da casa não mais parava de tocar. Um namorado novo toda semana, às vezes dois ao mesmo tempo. Nunca chegava sozinha e sim num arrastão de amigas, tagarelando e rindo – alarido festivo de baitacas em revoada.

Ao seu lado, todas ficavam feias e pálidas. Perturbada com o próprio esplendor, buscou em vão esconder a beleza e exagerava no disfarce. Setenta e sete tipos diversos de brincos. Correntinha no tornozelo. Mil cores de batom para combinar com a roupa. Unhas também coloridas, miniatura em cada uma. Um armário de minissaias.

Nas temporadas de praia, Rita namorou quanto banhista possível. O vizinho tinha gêmeos. Num verão foi um dos irmãos; no seguinte, o outro. Resistir, quem podia? Estrela rósea do mar, em quatro modelos de biquíni. Chapéus, cangas, sandálias. Mil presilhas e elásticos no cabelo. Arsenal devastador para uma jovem matadora de corações.

Foi a todas as festinhas consentidas pelo catolicismo dos pais – e sem permissão a outras tantas. Sob a mansa beleza, não se iluda: uma leoa rondava lá dentro. Às proibições sempre injustas, segundo ela, reagia com violência, aos gritos. Ai de quem a enfrentasse:

– Não pode, mocinha. Papai não deixa. Deus não quer.

Os grandes olhos verdes trovejavam raios. Na seqüência de argumentos, Ritona era fulminante:

– Que é que tem de mais?

Agressiva:

– A vida é uma só.

Vencendo definitiva a discussão:

– Eu não pedi para nascer.

Na celebração dos 16 anos, disputada pelo bando de amigas (do colégio, do inglês, do balé, da igreja, da vizinhança) e pelos ex, atuais e futuros namorados. Rita afirmou o seu direito a tudo: banda ao vivo, o vestido decotado, cabelo e maquiagem de mulher. Valsa com o pai, o avô, o irmão e o amigo mais íntimo. Mil damas de honra, cada uma com uma rosa na mão – ela a rainha única da festa.

Foi a sua última festa.

Pouco depois conheceu o José. Não sei onde nem como. Suponho que em algum evento de jovens ecumênicos, porque ele é calvinista. As igrejas gostam de promover atividades esportivas e culturais para adolescentes e jovens. Em todo caso, não sei. Só que, ao vê-lo, Rita sentiu no peito doendo fininho sete alfinetes de fogo.

Ele foi a sua ruína. Quando começou, ninguém se apercebeu – apenas mais um de uma longa lista. Após dois, três meses, começaram a ficar impressionados. Tomara juízo afinal e assentava a cabecinha naquela sucessão frenética de casos?

Passado meio ano, a família decidiu reparar no rapaz e descobrir o que a filha via nele. Até então, o José aparecia uma e outra vez em algum aniversário. Mais não fazia que cumprimentar de longe. Quieto no seu canto, com ninguém falava. Opinião unânime: bonito não era. Nem interessante ou divertido. Porte atlético? Nunquinha: magrelo e esquálido. Ao aparecer de calção na praia, verificaram que as pernas, além de cabeludas, eram cambaias. Quais podiam ser os seus atrativos secretos?

A essa ausência deles, Ritinha respondia com olhos submissos e alumbrados – bem suspeitaram fosse presa de algum feitiço. Era a mesma rebelde que despedia os pretendentes com enfado e arrogância? Até a vez dele fora tão louca, festeira, prepotente. E a família aceitou aliviada aquele namoro exclusivo. Por isso custaram a notar as pequenas mudanças no seu comportamento.

A maquiagem foi aos poucos sumindo, ao José não agradava. Batom vermelho-fogo nunca mais. As saias aumentaram, agora mais compridas que as da mãe, abaixo do joelho. Salto alto nem pensar, ficava um tantinho maior que ele. Das amigas foi se afastando, uma a uma. Para o José, esta era muito exibida. Aquela, má companhia. Uma terceira, invejosa.

Às festas só podia ir com ele. E como ele não era de festa... As bijuterias, correntinhas, brincos, deu à irmã caçula. E, para consternação da família, surgiu na praia – oh, não – de maiô preto inteiriço. (Lá de longe eis que vinham as pequenas ondas, uma atropelando a outra, na ânsia de ser a primeira a beijar em flores de espuma os seus róseos pezinhos.)

Desgosto da mãe: começou a freqüentar o culto calvinista. Desespero do pai: desistiu do inglês. Na reunião urgente da família, Ritona se defendeu com a antiga ferocidade. Os pobres pais reconheceram desiludidos que tudo era inútil: proibição de sair, mesada reduzida, ameaça, sermão e lágrimas. Uma só concessão ela fez: concluir a graduação do inglês.

Já que ela não saía, o José passou a freqüentar diariamente a casa. Quanto ao inglês, estudavam juntos – e o que podiam agora os pais alegar? No caso de festa muito especial (um grupo do colégio, uma amiga, um clube), o distinto se recusava a ir. A guerreira adormecida se insurgia, pronta a desafiá-lo. No início conciliadora, pedia e suplicava. Afinal:

– Então vou sozinha.

– Pode ir – ele não discutia. – Só que está acabado. Entre nós tudo acabou.

Covardemente, a leoa já lambia a mão com o chicote.

Às vezes iam ao cinema. Ele esperando na sala. Ela chegava lindíssima, a cabeleira de fogo e mel, o vestido vermelho novo – os seios de cornucópia à vista com todos os frutos da terra.

– Ah, não. Esta saia é muito curta.

– Com você assim eu não saio.

– E esse cabelo? Não tem escova?

Nunca um elogio. Ritinha voltava chorando

ao quarto. Calada, trocava de roupa. E acabavam não saindo.

Passados um, dois anos, a família odiava o nosso maniqueísta da saia curta, o discípulo fariseu de Calvino, o capeta de bigodinho que roubava da garota o riso, a luz, o verde dos olhos. Então era tarde: ela fez 18 anos. Agora maior e senhora do seu destino.

José vem todo dia jantar na casa. Filho único de uma viúva de militar, da qual tem vergonha e mantém escondida. Rita enfeita o seu lugar à mesa: todos os quitutes ao alcance da mão. Ai, o patê de salmão que o tipo gosta. O presunto cru que o fulano gosta. O queijo fresco que o tal gosta.

A família mal o tolera. Às vezes retiram-se antes de ele chegar. Ao distinto (evitam pronunciar o seu nome) é indiferente, serve-se com o apetite de sempre. Não conversa. Você só escuta a voz amorosa de Ritinha:

– Hoje na aula de Anatomia...
– Estou pensando se você...
– Que tal o tempero, amor?
– Aceita mais um pouquinho de...

Foi então que aconteceu. No seu monólogo se referiu quem sabe a algum novo passo de dança. Ele acabou de comer, cruzou os talheres e decidiu o fim do balé. A moça não podia acreditar:

– É o que faço desde pequena!

– Bem por isso. Já foi bastante.

– O que mais adoro!

– Mais que a mim?

– Não... não...

Agora é demais. O tirano se desmanda no seu poder absoluto. Uma tragédia para ela. Um escândalo para a família, que exulta: chegou a hora da verdade. Sem falar, Rita se recolhe ao quarto – todos à espera do rugido da leoa.

Dois, três dias ele não voltou. A guria chorando trancada no quarto. Ao anunciar enfim que desiste do balé, duramente criticada.

– Quem acha esse tipinho que é?

Ela, uma rainha de Sabá. Ele, um caniço de pernas tortas. Tudo a moça ouve, cabecinha baixa, sem sorrir.

À noite, quem estava lá, se deliciando com o patê e o presunto? Entre beijos gulosos de uma canarinha à sua volta trinando feliz. O amor, essa coisa, sabe como é.

O pai resolve, em desespero, enfrentar o carinha: aos vinte anos, sem emprego fixo, é dependente da mãe, da qual ganha uma pequena mesada.

– Olhe aqui, mocinho. Veja esta casa. Veja a vida que tem a Rita. Acha que pode lhe oferecer as mesmas regalias?

– A gente não precisa de dinheiro. A gente se ama. É isso que importa pra gente.

– Só que o amor não paga as contas.

– O senhor diz isso porque vive no luxo.

– Ah, é? Luxo que você bem desfruta.

– É só falar. A gente não pisa mais aqui, não.

Interrompidos por um grito de súplica e dor:

– Pai!

O velho baixa o tom da voz:

– Não foi o que eu... Mas pense no teu futuro, moço.

Na primeira oportunidade, em breve ausência da moça, torna ao ataque:

– Você não é marido para a minha filha.

– Quem tem de dizer é só ela. Mais ninguém.

A mãe receia que as discussões provoquem a antecipação do casamento. Sua esperança é de Rita se interessar, nos dois anos finais de faculdade, por algum colega ou médico do hospital. Pouco importa católico ou luterano – basta não seja o abominável fulaninho.

Para aflição geral não é que a garota fala em casar? E, duplo desgosto, na Igreja Calvinista. A família se une em vã tentativa de dissuadi-la.

Nenhum de nós o aprecia. Os que não odeiam, mal o toleram.

José continua impávido no seu silêncio. Toda noite, senta-se à mesa e come até se fartar. Ainda esquálido e magro. Na falta do balé, quem engorda é a nossa Ritinha. Mais linda nas curvas mais sinuosas. Um tantinho triste. E nela mesmo a tristeza lhe assenta bem.

Os viajantes de longes terras, ao falarem da nossa cidade anos depois, se lembrarão apenas – ó alegria para sempre! – da garota sem nome, vislumbrada alguns instantes, caminhando por entre as nuvens, no seu vestidinho branco de verão.

Se você lhe pergunta:
– Rita, meu amor, vamos ao cinema?
Ou:
– À casa da Paula?
Ou ainda:
– Às compras no *shopping?*

A cada vez, Rita, Ritinha, Ritona se agita. Pessegueiro em flor pipilante de pintassilgos. Oh, não, olha para o tipo... Que simplesmente franze a testa.

Ela deixa a tua pergunta sem resposta. Faz um gesto indiferente. E, diante da janela, se põe a falar do sol que brilha ou da chuva que cai.

O vestido vermelho

Amor,

Comprei um vestido novo. (Nada como quem trabalha!)

O tecido é tão fino, parece que estou sem roupa. O mesmo vermelho que, segundo você, realça o brancor da pele e o loiro do cabelo. Ombros nus até a saboneteira, com o decote no limiar do abismo – além do qual você não aprova.

E onde está você para apreciá-lo, com teus mil beijinhos no pescoço? Eu aqui linda, só para te agradar. (Calcinha rósea rendada e sutiã de taça, o que por ora não precisa saber.)

E você, nada? Já não me quer?

Não te emocionam as coxas mais frescas e lisas que o vestido? Já não te apetece sopesar na concha da mão o seio de biquinho ereto assim a ponta fina de uma caneta Bic? Nem te comove a lua bochechuda da minha bundinha empinada? Nada te diz a concha nacarada de quatro pétalas?

Covarde! Ingrato! Soberbo!

Não sabe o que está perdendo.

Só me ver neste vestidinho faria você açular a fogosa matilha dos teus vícios mais perversos. E desmaiaria entre ais ao simples roçar do precioso tecido.

Já serpenteio o strip da Virgem Prometida ao Minotauro – e tudo mostro sem nada tirar. Requebrando no salto agulha, assim gostosa, frente e atrás, se você pedisse.

Mas não pede. Me esqueceu para sempre? Pra você já não existo?

Ai, tua mão trêmula em cada curva, já pensou? Um sobe e

desce de avanços e recuos. O terceiro quirodáctilo que negaceia... E a delícia única de ouvir: *Ai, putinha, de você eu quero tudo! Você deixa, meu amor? Só pra mim, você deixa? Tudo?*

Daí me ponho de joelho e descerro o teu zíper com mais devoção que uma samaritana descalça. Isso mesmo: sou uma putinha pra você se servir. Em adoração, eu beijo dardejo lambo. E a-bo-ca-nho com toda a gentileza.

É o meu quindim de Tia Ló! E lambisco e mordisco tamanha doçura que já me arrepia lancinante o céu da boca.

A cabecinha entre os lábios, ao ritmo frenético da língua enlouquecida. Afinal todo o ferrão de fogo e mel, uai, a tua cimitarra do profeta inteirinha na boca – e pode não querer?

Chupo, amor, na frente do espelho, se pedir. Levanto um canto do vestido para você ver as nalgas rosáceas. Ou baixo o decote para vislumbrar as duas tetinhas, também elas de joelho, suplicantes por uma carícia furtiva. Ou ainda nua e descabelada, prontinha às tuas ordens, no falo felação faço.

Será que o meu senhor já não gosta?

Nem sequer a xotinha mais te excita? Monto lépida o ginete empinado, a tua cabritinha selvagem dos montes. Toda me contorço e revoluteio dando e roubando beijo e palavrão amoroso.

Nunca mais, seu puto, me fará gozar?

Ordene, que eu obedeço. Ficar de pé no armário, portas e pernas abertas? Ou rendida me ajeitar de quatro? Me ofereço sem reserva às tuas massagens erógenas do eunuco na odalisca preferida do Sultão – e você, indiferente, nem pisca?

Quero sentir os teus beijos pelo corpo me ungindo com o mais afrodisíaco dos óleos. Quero mordida doída na bundinha em flor. Do macho a gente espera fatal! o beijinho molhado e o tabefe ardido de mão aberta.

Mas onde está você, cego e surdo, que não responde?

Sem vontade de sodomizar esta cadelinha que te ama e tanto deseja? Eis-me aqui, à mercê dos teus caprichos e delírios.

E cadê você? Nem um pio.

Me lembrei que gostoso era você me abraçar pelas costas. O corpo bem juntinho ao meu. E, abrindo passagem na longa cabeleira, o beijinho na nuca. A pressa nenhuma. A mão no seio no seio no seio. De olho fechado para sentir melhor o amasso do corpo, o beijo na nuca.

E o beijo na boca. Choradinho. O toque da língua. A língua na língua, saboreando. A língua no dente. O dente no lábio. O gosto de sangue no beijo.

E lembro que você apreciava deslizar a mão viageira coluna abaixo. Uai, na bundinha. E ali ficar acima abaixo. Por cima da roupa, por baixo da roupa. Sobre a calcinha, debaixo dela. Ai, nem quero pensar. Era suor palpitação calafrio vertigem.

Às vezes guardava amoroso a dura duridana entre as bochechas: o seu santuário, a sua bainha sob medida. Um fogaréu de prazer. Todinha em chamas. Olha, aqui – na branca pele a cicatriz perene do teu ferro em brasa.

E a flor selada se abrindo entre as coxas. Mar Vermelho, onde o cajado do meu puto Moisés?

Ah, como eu me lembro. E você, a memória perdida, sequer uma recordação?

Me faz cadela, seu viado, pelo amor de Deus!

Essa litania profana da vítima e cúmplice de tuas perversões – *deixa de ser pidonha, menina!* – não te alvoroça o apetite? Negue, se pode, que também me quer e bem se delicia? Quem não sabe que o meu amor é tarado por uma violação? Que só pensa em enfiar, meter, arrombar o meu corpo e currar a minha alminha.

Já rejeita o prêmio por tantos perseguido e um só alcançado? E eu, aqui aos uivos, canina, o que fiz para não merecer o teu exército com bandeiras rompendo as minhas últimas defesas?

Venha, ó meu puto. Faça mais. Sim, faça tudo! Tudinho!

Morra de orgasmo múltiplo nos meus braços.

Diga que não é a suprema graça gozar no cuzinho. Todos os suspiros e gemidos e delírios. O coração aos gritos no meu cravo violáceo despetalado.

Tem coragem de afirmar que nessa hora já não levita entre os lençóis, sai rasante pela janela, flutua sobre os telhados da Praça Tiradentes?

Feliz de mimzinha, engatada, lá vou eu – e lá vamos nós, xifópagos do amor, pisando as nuvens distraídos.

Nunca mais abraço cafuné mordida tapa amasso agarro beijo nó górdio de língua?

Deixa de ser bobo, homem!

Ao menos diz se gostou do vestido. (Sob ele, me quer de meia preta e liga roxa? Pronto! já me antecipei ao seu desejo.)

Dá um beijo na boca, poxa!

Não está vendo este seio, esta coxa, este requebro de bunda? E uma bundinha de moça, o que é? Você me diz: *É a mais perfeita curva da esfera celeste!*

Feita pra pegar. Pra passar a mão boba – ó delícia! ó suplício! Pra tatuar com a tua sarça ardente!

Já não sou eu, euzinha, o bastante para a tua fome?

E esta rosa de febre com a boquinha úmida que geme e grita o teu nome – você já não escuta?

Que fim levou a tua paixão de amor louco? Em que velho sapato se esconde a aranha-marrom do teu desejo?

Onde as chamas dessa luxúria que tudo incendiava à sua passagem? Que água apagou esse fogo? Que boi bebeu essa água? Que passarão colosso arrebatou esse boi?

Despida dos meus sete véus, rastejando, te ofereço na bandeja de Salomé o coração apunhalado da minha pombinha e a cabeça falante do meu amor.

Já não me quer, você. Tudo bem.

Basta que eu te olhe. Nem chego perto. Do outro lado da cama.

No deslumbrante vestidinho novo. Comprei com o meu dinheiro contado. Só pra ficar linda aos teus olhos.

E sem você, ó puto dos meus pecados – coberta de púrpura ou nua em pêlo –, pra que ser linda?

Maldito vestido vermelho.

Coleção L&PM POCKET

1. **Catálogo geral da Coleção**
2. **Poesias** – Fernando Pessoa
3. **O livro dos sonetos** – org. Sergio Faraco
4. **Hamlet** – Shakespeare / trad. Millôr
5. **Isadora, frag. autobiográficos** – Isadora Duncan
6. **Histórias sicilianas** – G. Lampedusa
7. **O relato de Arthur Gordon Pym** – Edgar A. Poe
8. **A mulher mais linda da cidade** – Bukowski
9. **O fim de Montezuma** – Hernan Cortez
10. **A ninfomania** – D. T. Bienville
11. **As aventuras de Robinson Crusoé** – D. Defoe
12. **Histórias de amor** – A. Bioy Casares
13. **Armadilha mortal** – Roberto Arlt
14. **Contos de fantasmas** – Daniel Defoe
15. **Os pintores cubistas** – G. Apollinaire
16. **A morte de Ivan Ilitch** – L.Tolstói
17. **A desobediência civil** – D. H. Thoreau
18. **Liberdade, liberdade** – F. Rangel e M. Fernandes
19. **Cem sonetos de amor** – Pablo Neruda
20. **Mulheres** – Eduardo Galeano
21. **Cartas a Théo** – Van Gogh
23. **Don Juan** – Molière / Trad. Millôr Fernandes
24. **Horla** – Guy de Maupassant
25. **O caso de Charles Dexter Ward** – Lovecraft
26. **Vathek** – William Beckford
27. **Hai-Kais** – Millôr Fernandes
28. **Adeus, minha adorada** – Raymond Chandler
29. **Cartas portuguesas** – Mariana Alcoforado
30. **A mensageira das violetas** – Florbela Espanca
31. **Espumas flutuantes** – Castro Alves
32. **Dom Casmurro** – Machado de Assis
34. **Alves & Cia.** – Eça de Queiroz
35. **Uma temporada no inferno** – A. Rimbaud
37. **A corresp. de Fradique Mendes** – Eça de Queiroz
38. **Antologia poética** – Olavo Bilac
39. **O rei Lear** – Shakespeare
40. **Memórias póstumas de Brás Cubas** – M. de Assis
41. **Que loucura!** – Woody Allen
42. **O duelo** – Casanova
43. **Gentidades** – Darcy Ribeiro
45. **Mem. de um Sarg. de Milícias** – M. A. de Almeida
46. **Os escravos** – Castro Alves
47. **O desejo pego pelo rabo** – Pablo Picasso
48. **Os inimigos** – Máximo Gorki
49. **O colar de veludo** – Alexandre Dumas
50. **Livro dos bichos** – Vários
51. **Quincas Borba** – Machado de Assis
53. **O exército de um homem só** – Moacyr Scliar
54. **Frankenstein** – Mary Shelley
55. **Dom Segundo Sombra** – Ricardo Güiraldes
56. **De vagões e vagabundos** – Jack London
57. **O homem bicentenário** – Isaac Asimov
58. **A viuvinha** – José de Alencar
59. **Livro das cortesãs** – org. de Sergio Faraco
60. **Últimos poemas** – Pablo Neruda
61. **A moreninha** – Joaquim Manuel de Macedo
62. **Cinco minutos** – José de Alencar
63. **Saber envelhecer e a amizade** – Cícero
64. **Enquanto a noite não chega** – J. Guimarães
65. **Tufão** – Joseph Conrad
66. **Aurélia** – Gérard de Nerval
67. **I-Juca-Pirama** – Gonçalves Dias
68. **Fábulas** – Esopo
69. **Teresa Filósofa** – Anônimo do Séc. XVIII
70. **Avent. inéditas de Sherlock Holmes** – A. C. Doyle
71. **Quintana de bolso** – Mario Quintana
72. **Antes e depois** – Paul Gauguin
73. **A morte de Olivier Bécaille** – Émile Zola
74. **Iracema** – José de Alencar
75. **Iaiá Garcia** – Machado de Assis
76. **Utopia** – Tomás Morus
77. **Sonetos para amar o amor** – Camões
78. **Carmem** – Prosper Mérimée
79. **Senhora** – José de Alencar
80. **Hagar, o horrível 1** – Dik Browne
81. **O coração das trevas** – Joseph Conrad
82. **Um estudo em vermelho** – Arthur Conan Doyle
83. **Todos os sonetos** – Augusto dos Anjos
84. **A propriedade é um roubo** – P.-J. Proudhon
85. **Drácula** – Bram Stoker
86. **O marido complacente** – Sade
87. **De profundis** – Oscar Wilde
88. **Sem plumas** – Woody Allen
89. **Os bruzundangas** – Lima Barreto
90. **O cão dos Baskervilles** – Arthur Conan Doyle
91. **Paraísos artificiais** – Charles Baudelaire
92. **Cândido, ou o otimismo** – Voltaire
93. **Triste fim de Policarpo Quaresma** – Lima Barreto
94. **Amor de perdição** – Camilo Castelo Branco
95. **A megera domada** – Shakespeare / trad. Millôr
96. **O mulato** – Aluísio Azevedo
97. **O alienista** – Machado de Assis
98. **O livro dos sonhos** – Jack Kerouac
99. **Noite na taverna** – Álvares de Azevedo
100. **Aura** – Carlos Fuentes
102. **Contos gauchescos e Lendas do sul** – Simões Lopes Neto
103. **O cortiço** – Aluísio Azevedo
104. **Marília de Dirceu** – T. A. Gonzaga
105. **O Primo Basílio** – Eça de Queiroz
106. **O ateneu** – Raul Pompéia
107. **Um escândalo na Boêmia** – Arthur Conan Doyle
108. **Contos** – Machado de Assis
109. **200 Sonetos** – Luis Vaz de Camões
110. **O príncipe** – Maquiavel
111. **A escrava Isaura** – Bernardo Guimarães
112. **O solteirão nobre** – Conan Doyle
114. **Shakespeare de A a Z** – Shakespeare
115. **A relíquia** – Eça de Queiroz
117. **Livro do corpo** – Vários
118. **Lira dos 20 anos** – Álvares de Azevedo
119. **Esaú e Jacó** – Machado de Assis
120. **A barcarola** – Pablo Neruda
121. **Os conquistadores** – Júlio Verne
122. **Contos breves** – G. Apollinaire
123. **Taipi** – Herman Melville
124. **Livro dos desaforos** – org. de Sergio Faraco
125. **A mão e a luva** – Machado de Assis
126. **Doutor Miragem** – Moacyr Scliar
127. **O penitente** – Isaac B. Singer
128. **Diários da descoberta da América** – C.Colombo
129. **Édipo Rei** – Sófocles

130. Romeu e Julieta – Shakespeare
131. Hollywood – Charles Bukowski
132. Billy the Kid – Pat Garrett
133. Cuca fundida – Woody Allen
134. O jogador – Dostoiévski
135. O livro da selva – Rudyard Kipling
136. O vale do terror – Arthur Conan Doyle
137. Dançar tango em Porto Alegre – S. Faraco
138. O gaúcho – Carlos Reverbel
139. A volta ao mundo em oitenta dias – J. Verne
140. O livro dos esnobes – W. M. Thackeray
141. Amor & morte em Poodle Springs – Raymond Chandler & R. Parker
142. As aventuras de David Balfour – Stevenson
143. Alice no país das maravilhas – Lewis Carroll
144. A ressurreição – Machado de Assis
145. Inimigos, uma história de amor – I. Singer
146. O Guarani – José de Alencar
147. A cidade e as serras – Eça de Queiroz
148. Eu e outras poesias – Augusto dos Anjos
149. A mulher de trinta anos – Balzac
150. Pomba enamorada – Lygia F. Telles
151. Contos fluminenses – Machado de Assis
152. Antes de Adão – Jack London
153. Intervalo amoroso – A.Romano de Sant'Anna
154. Memorial de Aires – Machado de Assis
155. Naufrágios e comentários – Cabeza de Vaca
156. Ubirajara – José de Alencar
157. Textos anarquistas – Bakunin
159. Amor de salvação – Camilo Castelo Branco
160. O gaúcho – José de Alencar
161. O livro das maravilhas – Marco Polo
162. Inocência – Visconde de Taunay
163. Helena – Machado de Assis
164. Uma estação de amor – Horácio Quiroga
165. Poesia reunida – Martha Medeiros
166. Memórias de Sherlock Holmes – Conan Doyle
167. A vida de Mozart – Stendhal
168. O primeiro terço – Neal Cassady
169. O mandarim – Eça de Queiroz
170. Um espinho de marfim – Marina Colasanti
171. A ilustre Casa de Ramires – Eça de Queiroz
172. Lucíola – José de Alencar
173. Antígona – Sófocles – trad. Donaldo Schüler
174. Otelo – William Shakespeare
175. Antologia – Gregório de Matos
176. A liberdade de imprensa – Karl Marx
177. Casa de pensão – Aluísio Azevedo
178. São Manuel Bueno, Mártir – Unamuno
179. Primaveras – Casimiro de Abreu
180. O noviço – Martins Pena
181. O sertanejo – José de Alencar
182. Eurico, o presbítero – Alexandre Herculano
183. O signo dos quatro – Conan Doyle
184. Sete anos no Tibet – Heinrich Harrer
185. Vagamundo – Eduardo Galeano
186. De repente acidentes – Carl Solomon
187. As minas de Salomão – Rider Haggar
188. Uivo – Allen Ginsberg
189. A ciclista solitária – Conan Doyle
190. Os seis bustos de Napoleão – Conan Doyle
191. Cortejo do divino – Nelida Piñon
194. Os crimes do amor – Marquês de Sade
195. Besame Mucho – Mário Prata
196. Tuareg – Alberto Vázquez-Figueroa
197. O longo adeus – Raymond Chandler
199. Notas de um velho safado – C. Bukowski
200. 111 ais – Dalton Trevisan
201. O nariz – Nicolai Gogol
202. O capote – Nicolai Gogol
203. Macbeth – William Shakespeare
204. Heráclito – Donaldo Schüler
205. Você deve desistir, Osvaldo – Cyro Martins
206. Memórias de Garibaldi – A. Dumas
207. A arte da guerra – Sun Tzu
208. Fragmentos – Caio Fernando Abreu
209. Festa no castelo – Moacyr Scliar
210. O grande deflorador – Dalton Trevisan
212. Homem do princípio ao fim – Millôr Fernandes
213. Aline e seus dois namorados – A. Iturrusgarai
214. A juba do leão – Sir Arthur Conan Doyle
215. Assassino metido a esperto – R. Chandler
216. Confissões de um comedor de ópio – T.De Quincey
217. Os sofrimentos do jovem Werther – Goethe
218. Fedra – Racine / Trad. Millôr Fernandes
219. O vampiro de Sussex – Conan Doyle
220. Sonho de uma noite de verão – Shakespeare
221. Dias e noites de amor e de guerra – Galeano
222. O Profeta – Khalil Gibran
223. Flávia, cabeça, tronco e membros – M. Fernandes
224. Guia da ópera – Jeanne Suhamy
225. Macário – Álvares de Azevedo
226. Etiqueta na prática – Celia Ribeiro
227. Manifesto do partido comunista – Marx & Engels
228. Poemas – Millôr Fernandes
229. Um inimigo do povo – Henrik Ibsen
230. O paraíso destruído – Frei B. de las Casas
231. O gato no escuro – Josué Guimarães
232. O mágico de Oz – L. Frank Baum
233. Armas no Cyrano's – Raymond Chandler
234. Max e os felinos – Moacyr Scliar
235. Nos céus de Paris – Alcy Cheuiche
236. Os bandoleiros – Schiller
237. A primeira coisa que eu botei na boca – Deonísio da Silva
238. As aventuras de Simbad, o marújo
239. O retrato de Dorian Gray – Oscar Wilde
240. A carteira de meu tio – J. Manuel de Macedo
241. A luneta mágica – J. Manuel de Macedo
242. A metamorfose – Kafka
243. A flecha de ouro – Joseph Conrad
244. A ilha do tesouro – R. L. Stevenson
245. Marx - Vida & Obra – José A. Giannotti
246. Gênesis
247. Unidos para sempre – Ruth Rendell
248. A arte de amar – Ovídio
249. O sono eterno – Raymond Chandler
250. Novas receitas do Anonymous Gourmet – J.A.P.M.
251. A nova catacumba – Arthur Conan Doyle
252. Dr. Negro – Arthur Conan Doyle
253. Os voluntários – Moacyr Scliar
254. A bela adormecida – Irmãos Grimm
255. O príncipe sapo – Irmãos Grimm
256. Confissões e Memórias – H. Heine
257. Viva o Alegrete – Sergio Faraco
258. Vou estar esperando – R. Chandler
259. A senhora Beate e seu filho – Schnitzler
260. O ovo apunhalado – Caio Fernando Abreu
261. O ciclo das águas – Moacyr Scliar
262. Millôr Definitivo – Millôr Fernandes

264. Viagem ao centro da Terra – Júlio Verne
265. A dama do lago – Raymond Chandler
266. Caninos brancos – Jack London
267. O médico e o monstro – R. L. Stevenson
268. A tempestade – William Shakespeare
269. Assassinatos na rua Morgue – E. Allan Poe
270. 99 corruíras nanicas – Dalton Trevisan
271. Broquéis – Cruz e Sousa
272. Mês de cães danados – Moacyr Sclíar
273. Anarquistas – vol. 1 – A idéia – G. Woodcock
274. Anarquistas – vol. 2 – O movimento – G Woodcock
275. Pai e filho, filho e pai – Moacyr Sclíar
276. As aventuras de Tom Sawyer – Mark Twain
277. Muito barulho por nada – W. Shakespeare
278. Elogio da loucura – Erasmo
279. Autobiografia de Alice B. Toklas – G. Stein
280. O chamado da floresta – J. London
281. Uma agulha para o diabo – Ruth Rendell
282. Verdes vales do fim do mundo – A. Bivar
283. Ovelhas negras – Caio Fernando Abreu
284. O fantasma de Canterville – O. Wilde
285. Receitas de Yayá Ribeiro – Celia Ribeiro
286. A galinha degolada – H. Quiroga
287. O último adeus de Sherlock Holmes – A. Conan Doyle
288. A. Gourmet *em* Histórias de cama & mesa – J. A. Pinheiro Machado
289. Topless – Martha Medeiros
290. Mais receitas do Anonymus Gourmet – J. A. Pinheiro Machado
291. Origens do discurso democrático – D. Schüler
292. Humor politicamente incorreto – Nani
293. O teatro do bem e do mal – E. Galeano
294. Garibaldi & Manoela – J. Guimarães
295. 10 dias que abalaram o mundo – John Reed
296. Numa fria – Charles Bukowski
297. Poesia de Florbela Espanca vol. 1
298. Poesia de Florbela Espanca vol. 2
299. Escreva certo – E. Oliveira e M. E. Bernd
300. O vermelho e o negro – Stendhal
301. Ecce homo – Friedrich Nietzsche
302(7). Comer bem, sem culpa – Dr. Fernando Lucchese, A. Gourmet e Iotti
303. O livro de Cesário Verde – Cesário Verde
305. 100 receitas de macarrão – S. Lancellotti
306. 160 receitas de molhos – S. Lancellotti
307. 100 receitas light – H. e Â. Tonetto
308. 100 receitas de sobremesas – Celia Ribeiro
309. Mais de 100 dicas de churrasco – Leon Diziekaniak
310. 100 receitas de acompanhamentos – C. Cabeda
311. Honra ou vendetta – S. Lancellotti
312. A alma do homem sob o socialismo – Oscar Wilde
313. Tudo sobre Yôga – Mestre De Rose
314. Os varões assinalados – Tabajara Ruas
315. Édipo em Colono – Sófocles
316. Lisístrata – Aristófanes / trad. Millôr
317. Sonhos de Bunker Hill – John Fante
318. Os deuses de Raquel – Moacyr Sclíar
319. O colosso de Marússia – Henry Miller
320. As eruditas – Molière / trad. Millôr
321. Radicci 1 – Iotti
322. Os Sete contra Tebas – Ésquilo
323. Brasil Terra à vista – Eduardo Bueno
324. Radicci 2 – Iotti
325. Júlio César – William Shakespeare
326. A carta de Pero Vaz de Caminha
327. Cozinha Clássica – Sílvio Lancellotti
328. Madame Bovary – Gustave Flaubert
329. Dicionário do viajante insólito – M. Sclíar
330. O capitão saiu para o almoço... – Bukowski
331. A carta roubada – Edgar Allan Poe
332. É tarde para saber – Josué Guimarães
333. O livro de bolso da Astrologia – Maggy Harrisonx e Mellina Li
334. 1933 foi um ano ruim – John Fante
335. 100 receitas de arroz – Aninha Comas
336. Guia prático do Português correto – vol. 1 – Cláudio Moreno
337. Bartleby, o escriturário – H. Melville
338. Enterrem meu coração na curva do rio – Dee Brown
339. Um conto de Natal – Charles Dickens
340. Cozinha sem segredos – J. A. P. Machado
341. A dama das Camélias – A. Dumas Filho
342. Alimentação saudável – H. e Â. Tonetto
343. Continhos galantes – Dalton Trevisan
344. A Divina Comédia – Dante Alighieri
345. A Dupla Sertanojo – Santiago
346. Cavalos do amanhecer – Mario Arregui
347. Biografia de Vincent van Gogh por sua cunhada – Jo van Gogh-Bonger
348. Radicci 3 – Iotti
349. Nada de novo no front – E. M. Remarque
350. A hora dos assassinos – Henry Miller
351. Flush - Memórias de um cão – Virginia Woolf
352. A guerra no Bom Fim – M. Sclíar
353(1). O caso Saint-Fiacre – Simenon
354(2). Morte na alta sociedade – Simenon
355(3). O cão amarelo – Simenon
356(4). Maigret e o homem do banco – Simenon
357. As uvas e o vento – Pablo Neruda
358. On the road – Jack Kerouac
359. O coração amarelo – Pablo Neruda
360. Livro das perguntas – Pablo Neruda
361. Noite de Reis – William Shakespeare
362. Manual de Ecologia – vol.1 – J. Lutzenberger
363. O mais longo dos dias – Cornelius Ryan
364. Foi bom prá você? – Nani
365. Crepusculário – Pablo Neruda
366. A comédia dos erros – Shakespeare
367(5). A primeira investigação de Maigret – Simenon
368(6). As férias de Maigret – Simenon
369. Mate-me por favor (vol.1) – L. McNeil
370. Mate-me por favor (vol.2) – L. McNeil
371. Carta ao pai – Kafka
372. Os vagabundos iluminados – J. Kerouac
373(7). O enforcado – Simenon
374(8). A fúria de Maigret – Simenon
375. Vargas, uma biografia política – H. Silva
376. Poesia reunida (vol.1) – A. R. de Sant'Anna
377. Poesia reunida (vol.2) – A. R. de Sant'Anna
378. Alice no país do espelho – Lewis Carroll
379. Residência na Terra 1 – Pablo Neruda
380. Residência na Terra 2 – Pablo Neruda
381. Terceira Residência – Pablo Neruda
382. O delírio amoroso – Bocage
383. Futebol ao sol e à sombra – E. Galeano
384(9). O porto das brumas – Simenon
385(10). Maigret e seu morto – Simenon

386. **Radicci 4** – Iotti
387. **Boas maneiras & sucesso nos negócios** – Celia Ribeiro
388. **Uma história Farroupilha** – M. Sclair
389. **Na mesa ninguém envelhece** – J. A. P. Machado
390. **200 receitas inéditas do Anonymus Gourmet** – J. A. Pinheiro Machado
391. **Guia prático do Português correto – vol.2** – Cláudio Moreno
392. **Breviário das terras do Brasil** – Assis Brasil
393. **Cantos Cerimoniais** – Pablo Neruda
394. **Jardim de Inverno** – Pablo Neruda
395. **Antonio e Cleópatra** – William Shakespeare
396. **Tróia** – Cláudio Moreno
397. **Meu tio matou um cara** – Jorge Furtado
398. **O anatomista** – Federico Andahazi
399. **As viagens de Gulliver** – Jonathan Swift
400. **Dom Quixote – v.1** – Miguel de Cervantes
401. **Dom Quixote – v.2** – Miguel de Cervantes
402. **Sozinho no Pólo Norte** – Thomaz Brandolin
403. **Matadouro 5** – Kurt Vonnegut
404. **Delta de Vênus** – Anaïs Nin
405. **O melhor de Hagar 2** – Dik Browne
406. **É grave Doutor?** – Nani
407. **Orai pornô** – Nani
408(11). **Maigret em Nova York** – Simenon
409(12). **O assassino sem rosto** – Simenon
410(13). **O mistério das jóias roubadas** – Simenon
411. **A irmãzinha** – Raymond Chandler
412. **Três contos** – Gustave Flaubert
413. **De ratos e homens** – John Steinbeck
414. **Lazarilho de Tormes** – Anônimo do séc. XVI
415. **Triângulo das águas** – Caio Fernando Abreu
416. **100 receitas de carnes** – Sílvio Lancellotti
417. **Histórias de robôs: vol.1** – org. Isaac Asimov
418. **Histórias de robôs: vol.2** – org. Isaac Asimov
419. **Histórias de robôs: vol.3** – org. Isaac Asimov
420. **O país dos centauros** – Tabajara Ruas
421. **A república de Anita** – Tabajara Ruas
422. **A carga dos lanceiros** – Tabajara Ruas
423. **Um amigo de Kafka** – Isaac Singer
424. **As alegres matronas de Windsor** – Shakespeare
425. **Amor e exílio** – Isaac Bashevis Singer
426. **Use & abuse do seu signo** – Marília Fiorillo e Marylou Simonsen
427. **Pigmaleão** – Bernard Shaw
428. **As fenícias** – Eurípides
429. **Everest** – Thomaz Brandolin
430. **A arte de furtar** – Anônimo do séc. XVI
431. **Billy Bud** – Herman Melville
432. **A rosa separada** – Pablo Neruda
433. **Elegia** – Pablo Neruda
434. **A garota de Cassidy** – David Goodis
435. **Como fazer a guerra: máximas de Napoleão** – Balzac
436. **Poemas escolhidos** – Emily Dickinson
437. **Gracias por el fuego** – Mario Benedetti
438. **O sofá** – Crébillon Fils
439. **O "Martín Fierro"** – Jorge Luis Borges
440. **Trabalhos de amor perdidos** – W. Shakespeare
441. **O melhor de Hagar 3** – Dik Browne
442. **Os Maias (volume1)** – Eça de Queiroz
443. **Os Maias (volume2)** – Eça de Queiroz
444. **Anti-Justine** – Restif de La Bretonne
445. **Juventude** – Joseph Conrad
446. **Contos** – Eça de Queiroz
447. **Janela para a morte** – Raymond Chandler
448. **Um amor de Swann** – Marcel Proust
449. **À paz perpétua** – Immanuel Kant
450. **A conquista do México** – Hernan Cortez
451. **Defeitos escolhidos e 2000** – Pablo Neruda
452. **O casamento do céu e do inferno** – William Blake
453. **A primeira viagem ao redor do mundo** – Antonio Pigafetta
454(14). **Uma sombra na janela** – Simenon
455(15). **A noite da encruzilhada** – Simenon
456(16). **A velha senhora** – Simenon
457. **Sartre** – Annie Cohen-Solal
458. **Discurso do método** – René Descartes
459. **Garfield em grande forma (1)** – Jim Davis
460. **Garfield está de dieta (2)** – Jim Davis
461. **O livro das feras** – Patricia Highsmith
462. **Viajante solitário** – Jack Kerouac
463. **Auto da barca do inferno** – Gil Vicente
464. **O livro vermelho dos pensamentos de Millôr** – Millôr Fernandes
465. **O livro dos abraços** – Eduardo Galeano
466. **Voltaremos!** – José Antonio Pinheiro Machado
467. **Rango** – Edgar Vasques
468(8). **Dieta mediterrânea** – Dr. Fernando Lucchese e José Antonio Pinheiro Machado
469. **Radicci 5** – Iotti
470. **Pequenos pássaros** – Anaïs Nin
471. **Guia prático do Português correto – vol.3** – Cláudio Moreno
472. **Atire no pianista** – David Goodis
473. **Antologia Poética** – García Lorca
474. **Alexandre e César** – Plutarco
475. **Uma espiã na casa do amor** – Anaïs Nin
476. **A gorda do Tiki Bar** – Dalton Trevisan
477. **Garfield um gato de peso (3)** – Jim Davis
478. **Canibais** – David Coimbra
479. **A arte de escrever** – Arthur Schopenhauer
480. **Pinóquio** – Carlo Collodi
481. **Misto-quente** – Charles Bukowski
482. **A lua na sarjeta** – David Goodis
483. **O melhor do Recruta Zero (1)** – Mort Walker
484. **Aline 2** – Adão Iturrusgarai
485. **Sermões do Padre Antonio Vieira**
486. **Garfield numa boa (4)** – Jim Davis
487. **Mensagem** – Fernando Pessoa
488. **Vendeta** seguido de **A paz conjugal** – Balzac
489. **Poemas de Alberto Caeiro** – Fernando Pessoa
490. **Ferragus** – Honoré de Balzac
491. **A duquesa de Langeais** – Honoré de Balzac
492. **A menina dos olhos de ouro** – Honoré de Balzac
493. **O lírio do vale** – Honoré de Balzac
494(17). **A barcaça da morte** – Simenon
495(18). **As testemunhas rebeldes** – Simenon
496(19). **Um engano de Maigret** – Simenon
497(1). **A noite das bruxas** – Agatha Christie
498(2). **Um passe de mágica** – Agatha Christie
499(3). **Nêmesis** – Agatha Christie
500. **Esboço para uma teoria das emoções** – Sartre
501. **Renda básica de cidadania** – Eduardo Suplicy
502(1). **Pílulas para viver melhor** – Dr. Lucchese
503(2). **Pílulas para prolongar a juventude** – Dr. Lucchese
504(3). **Desembarcando o Diabetes** – Dr. Lucchese

505(4).**Desembarcando o Sedentarismo** – Dr. Fernando Lucchese e Cláudio Castro
506(5).**Desembarcando a Hipertensão** – Dr. Lucchese
507(6).**Desembarcando o Colesterol** – Dr. Fernando Lucchese e Fernanda Lucchese
508.**Estudos de mulher** – Balzac
509.**O terceiro tira** – Flann O'Brien
510.**100 receitas de aves e ovos** – J. A. P. Machado
511.**Garfield em toneladas de diversão** (5) – Jim Davis
512.**Trem-bala** – Martha Medeiros
513.**Os cães ladram** – Truman Capote
514.**O Kama Sutra de Vatsyayana**
515.**O crime do Padre Amaro** – Eça de Queiroz
516.**Odes de Ricardo Reis** – Fernando Pessoa
517.**O inverno da nossa desesperança** – Steinbeck
518.**Piratas do Tietê** (1) – Laerte
519.**Rê Bordosa: do começo ao fim** – Angeli
520.**O Harlem é escuro** – Chester Himes
521.**Café-da-manhã dos campeões** – Kurt Vonnegut
522.**Eugénie Grandet** – Balzac
523.**O último magnata** – F. Scott Fitzgerald
524.**Carol** – Patricia Highsmith
525.**100 receitas de patisseria** – Sílvio Lancellotti
526.**O fator humano** – Graham Greene
527.**Tristessa** – Jack Kerouac
528.**O diamante do tamanho do Ritz** – S. Fitzgerald
529.**As melhores histórias de Sherlock Holmes** – Arthur Conan Doyle
530.**Cartas a um jovem poeta** – Rilke
531(20).**Memórias de Maigret** – Simenon
532(4).**O misterioso sr. Quin** – Agatha Christie
533.**Os analectos** – Confúcio
534(21).**Maigret e os homens de bem** – Simenon
535(22).**O medo de Maigret** – Simenon
536.**Ascensão e queda de César Birotteau** – Balzac
537.**Sexta-feira negra** – David Goodis
538.**Ora bolas – O humor de Mario Quintana** – Juarez Fonseca
539.**Longe daqui aqui mesmo** – Antonio Bivar
540(5).**É fácil matar** – Agatha Christie
541.**O pai Goriot** – Balzac
542.**Brasil, um país do futuro** – Stefan Zweig
543.**O processo** – Kafka
544.**O melhor de Hagar 4** – Dik Browne
545(6).**Por que não pediram a Evans?** – Agatha Christie
546.**Fanny Hill** – John Cleland
547.**O gato por dentro** – William S. Burroughs
548.**Sobre a brevidade da vida** – Sêneca
549.**Geraldão** (1) – Glauco
550.**Piratas do Tietê** (2) – Laerte
551.**Pagando o pato** – Ciça
552.**Garfield de bom humor** (6) – Jim Davis
553.**Conhece o Mário?** – Santiago
554.**Radicci 6** – Iotti
555.**Os subterrâneos** – Jack Kerouac
556(1).**Balzac** – François Taillandier
557(2).**Modigliani** – Christian Parisot
558(3).**Kafka** – Gérard-Georges Lemaire
559(4).**Júlio César** – Joël Schmidt
560.**Receitas da família** – J. A. Pinheiro Machado
561.**Boas maneiras à mesa** – Celia Ribeiro
562(9).**Filhos sadios, pais felizes** – R. Pagnoncelli
563(10).**Fatos & mitos** – Dr. Fernando Lucchese
564.**Ménage à trois** – Paula Taitelbaum
565.**Mulheres!** – David Coimbra
566.**Poemas de Álvaro de Campos** – Fernando Pessoa
567.**Medo e outras histórias** – Stefan Zweig
568.**Snoopy e sua turma** (1) – Schulz
569.**Piadas para sempre** (1) – Visconde da Casa Verde
570.**O alvo móvel** – Ross Macdonald
571.**O melhor do Recruta Zero** (2) – Mort Walker
572.**Um sonho americano** – Norman Mailer
573.**Os broncos também amam** – Angeli
574.**Crônica de um amor louco** – Bukowski
575(5).**Freud** – René Major e Chantal Talagrand
576(6).**Picasso** – Gilles Plazy
577(7).**Gandhi** – Christine Jordis
578.**A tumba** – H. P. Lovecraft
579.**O príncipe e o mendigo** – Mark Twain
580.**Garfield, um charme de gato** (7) – Jim Davis
581.**Ilusões perdidas** – Balzac
582.**Esplendores e misérias das cortesãs** – Balzac
583.**Walter Ego** – Angeli
584.**Striptiras** (1) – Laerte
585.**Fagundes: um puxa-saco de mão cheia** – Laerte
586.**Depois do último trem** – Josué Guimarães
587.**Ricardo III** – Shakespeare
588.**Dona Anja** – Josué Guimarães
589.**24 horas na vida de uma mulher** – Stefan Zweig
590.**O terceiro homem** – Graham Greene
591.**Mulher no escuro** – Dashiell Hammett
592.**No que acredito** – Bertrand Russell
593.**Odisséia (1): Telemaquia** – Homero
594.**O cavalo cego** – Josué Guimarães
595.**Henrique V** – Shakespeare
596.**Fabulário geral do delírio cotidiano** – Bukowski
597.**Tiros na noite 1: A mulher do bandido** – Dashiell Hammett
598.**Snoopy em Feliz Dia dos Namorados!** (2) – Schulz
599.**Mas não se matam cavalos?** – Horace McCoy
600.**Crime e castigo** – Dostoiévski
601(7).**Mistério no Caribe** – Agatha Christie
602.**Odisséia (2): Regresso** – Homero
603.**Piadas para sempre** (2) – Visconde da Casa Verde
604.**À sombra do vulcão** – Malcolm Lowry
605(8).**Kerouac** – Yves Buin
606.**E agora são cinzas** – Angeli
607.**As mil e uma noites** – Paulo Caruso
608.**Um assassino entre nós** – Ruth Rendell
609.**Crack-up** – F. Scott Fitzgerald
610.**Do amor** – Stendhal
611.**Cartas do Yage** – William Burroughs e Allen Ginsberg
612.**Striptiras** (2) – Laerte
613.**Henry & June** – Anaïs Nin
614.**A piscina mortal** – Ross Macdonald
615.**Geraldão** (2) – Glauco
616.**Tempo de delicadeza** – A. R. de Sant'Anna
617.**Tiros na noite 2: Medo de tiro** – Dashiell Hammett
618.**Snoopy em Assim é a vida, Charlie Brown!** (3) – Schulz
619.**1954 – Um tiro no coração** – Hélio Silva
620.**Sobre a inspiração poética (Íon)** e ... – Platão
621.**Garfield e seus amigos** (8) – Jim Davis
622.**Odisséia (3): Ítaca** – Homero
623.**A louca matança** – Chester Himes
624.**Factótum** – Charles Bukowski
625.**Guerra e Paz: volume 1** – Tolstói
626.**Guerra e Paz: volume 2** – Tolstói

627. **Guerra e Paz: volume 3** – Tolstói
628. **Guerra e Paz: volume 4** – Tolstói
629(9). **Shakespeare** – Claude Mourthé
630. **Bem está o que bem acaba** – Shakespeare
631. **O contrato social** – Rousseau
632. **Geração Beat** – Jack Kerouac
633. **Snoopy: É Natal! (4)** – Charles Schulz
634(8). **Testemunha da acusação** – Agatha Christie
635. **Um elefante no caos** – Millôr Fernandes
636. **Guia de leitura (100 autores que você precisa ler)** – Organização de Léa Masina
637. **Pistoleiros também mandam flores** – David Coimbra
638. **O prazer das palavras – vol. 1** – Cláudio Moreno
639. **O prazer das palavras – vol. 2** – Cláudio Moreno
640. **Novíssimo testamento: com Deus e o diabo, a dupla da criação** – Iotti
641. **Literatura Brasileira: modos de usar** – Luís Augusto Fischer
642. **Dicionário de Porto-Alegrês** – Luís A. Fischer
643. **Clô Dias & Noites** – Sérgio Jockymann
644. **Memorial de Isla Negra** – Pablo Neruda
645. **Um homem extraordinário e outras histórias** – Tchekhov
646. **Ana sem terra** – Alcy Cheuiche
647. **Adultérios** – Woody Allen
648. **Para sempre ou nunca mais** – R. Chandler
649. **Nosso homem em Havana** – Graham Greene
650. **Dicionário Caldas Aulete de Bolso**
651. **Snoopy: Posso fazer uma pergunta, professora? (5)** – Charles Schulz
652(10). **Luís XVI** – Bernard Vincent
653. **O mercador de Veneza** – Shakespeare
654. **Cancioneiro** – Fernando Pessoa
655. **Non-Stop** – Martha Medeiros
656. **Carpinteiros, levantem bem alto a cumeeira & Seymour, uma apresentação** – J.D.Salinger
657. **Ensaios céticos** – Bertrand Russell
658. **O melhor de Hagar 5** – Dik Browne
659. **Primeiro amor** – Ivan Turguêniev
660. **A trégua** – Mario Benedetti
661. **Um parque de diversões da cabeça** – Lawrence Ferlinghetti
662. **Aprendendo a viver** – Sêneca
663. **Garfield, um gato em apuros (9)** – Jim Davis
664. **Dilbert 1** – Scott Adams
665. **Dicionário de dificuldades** – Domingos Paschoal Cegalla
666. **A imaginação** – Jean-Paul Sartre
667. **O ladrão e os cães** – Naguib Mahfuz
668. **Gramática do português contemporâneo** – Celso Cunha
669. **A volta do parafuso** *seguido de Daisy Miller* – Henry James
670. **Notas do subsolo** – Dostoiévski
671. **Abobrinhas da Brasilônia** – Glauco
672. **Geraldão (3)** – Glauco
673. **Piadas para sempre (3)** – Visconde da Casa Verde
674. **Duas viagens ao Brasil** – Hans Staden
675. **Bandeira de bolso** – Manuel Bandeira
676. **A arte da guerra** – Maquiavel
677. **Além do bem e do mal** – Nietzsche
678. **O coronel Chabert** *seguido de* **A mulher abandonada** – Balzac
679. **O sorriso de marfim** – Ross Macdonald
680. **100 receitas de pescados** – Sílvio Lancellotti
681. **O juiz e o seu carrasco** – Friedrich Dürrenmatt
682. **Noites brancas** – Dostoiévski
683. **Quadras ao gosto popular** – Fernando Pessoa
684. **Romanceiro da Inconfidência** – Cecília Meireles
685. **Kaos** – Millôr Fernandes
686. **A pele de onagro** – Balzac
687. **As ligações perigosas** – Choderlos de Laclos
688. **Dicionário de matemática** – Luiz Fernandes Cardoso
689. **Os Lusíadas** – Luís Vaz de Camões
690(11). **Átila** – Éric Deschodt
691. **Um jeito tranqüilo de matar** – Chester Himes
692. **A felicidade conjugal** *seguido de* **O diabo** – Tolstói
693. **Viagem de um naturalista ao redor do mundo** – vol. 1 – Charles Darwin
694. **Viagem de um naturalista ao redor do mundo** – vol. 2 – Charles Darwin
695. **Memórias da casa dos mortos** – Dostoiévski
696. **A Celestina** – Fernando de Rojas
697. **Snoopy (6)** – Charles Schulz
698. **Dez (quase) amores** – Claudia Tajes
699. **Poirot sempre espera** – Agatha Christie
700. **Cecília de bolso** – Cecília Meireles
701. **Apologia de Sócrates** *precedido de* **Êutifron** e *seguido de* **Críton** – Platão
702. **Wood & Stock** – Angeli
703. **Striptiras (3)** – Laerte
704. **Discurso sobre a origem e os fundamentos da desigualdade entre os homens** – Rousseau
705. **Os duelistas** – Joseph Conrad
706. **Dilbert (2)** – Scott Adams
707. **Viver e escrever (vol.1)** – Edla van Steen
708. **Viver e escrever (vol.2)** – Edla van Steen
709. **Viver e escrever (vol.3)** – Edla van Steen
710. **A teia da aranha** – Agatha Christie
711. **O banquete** – Platão
712. **Os belos e malditos** – F. Scott Fitzgerald
713. **Libelo contra a arte moderna** – Salvador Dalí
714. **Akropolis** – Valerio Massimo Manfredi
715. **Devoradores de mortos** – Michael Crichton
716. **Sob o sol da Toscana** – Frances Mayes
717. **Batom na cueca** – Nani
718. **Vida dura** – Claudia Tajes
719. **Carne trêmula** – Ruth Rendell
720. **Cris, a fera** – David Coimbra
721. **O anticristo** – Nietzsche
722. **Como um romance** – Daniel Pennac
723. **Emboscada no Forte Bragg** – Tom Wolfe
724. **Assédio sexual** – Michael Crichton
725. **O espírito do Zen** – Alan W.Watts
726. **Um bonde chamado desejo** – Tennessee Williams
727. **Como gostais** – Shakespeare
728. **Tratado sobre a tolerância** – Voltaire

GRÁFICA EDITORA
Pallotti
IMAGEM DE QUALIDADE

Santa Maria - RS - Fone/Fax: (55) 3220.4500
www.pallotti.com.br